Jean Anouilh

Les poissons rouges

ou

Mon père, ce héros

Gallimard

Les poissons rouges *ou* Mon père, ce héros *a été représenté pour la première fois à Paris le 21 janvier 1970 au Théâtre de l'Œuvre, dans une mise en scène de l'auteur et de Roland Piétri, dans des décors et des costumes de Jean-Denis Malclès, avec, par ordre d'entrée en scène : Jean-Pierre Marielle, Marcelle Arnold, Yvonne Clech, Michel Galabru, Claude Stermann, Madeleine Barbulée, Édith Perret, Nicole Vassel, Gilberte Géniat, Marie-Claire Chantraine, Pascal Mazzotti, Lyne Chardonnet.*

PERSONNAGES

ANTOINE DE SAINT-FLOUR, *auteur dramatique.*

LA SURETTE, *son ami d'enfance.*

LE MÉDECIN BOSSU.

TOTO, *huit ans, son fils.*

CHARLOTTE, *sa femme.*

EDWIGA PATAQUÈS, *sa maîtresse.*

MADAME PRUDENT, *sa belle-mère.*

CAMOMILLE, *sa fille, quinze ans.*

LA MÈRE
LA GRAND-MÈRE } *fantômes.*

ADÈLE, *très jeune, sa bonne.*

LA PREMIÈRE DAME.

LA SECONDE DAME.

LA BONNE DE L'AUBERGE DE LA MER.

LA COUTURIÈRE.

SON AIDE, *personnage muet.*

*La scène est en Bretagne, au bord de la mer,
le 14 juillet 1960 et dans la tête de l'auteur.*

PREMIER ACTE

Un décor vague, ou peut-être le plateau nu. Il n'y a que des meubles et deux grands paravents qui servent pour les entrées et les sorties. Antoine est en scène, accroupi; il fait quelque chose, on ne sait trop quoi, on dirait qu'il joue avec un Meccano. C'est un homme d'une quarantaine d'années, vêtu normalement, il a seulement le col Danton de sa chemise ouvert et un insolite petit béret marin sur la tête. Entre la grand-mère, en costume ancien.

LA GRAND-MÈRE, *insidieuse.*

Bien sûr, tu traînes! As-tu fait tes devoirs?

Antoine joue par terre.
Il ne répond pas.

LA GRAND-MÈRE *crie.*

Je te parle! As-tu fait tes devoirs, Antoine?

ANTOINE

Oui, bonne-maman.

LA GRAND-MÈRE

Tes mains sont propres?

ANTOINE

Oui, bonne-maman.

LA GRAND-MÈRE, *soudain.*

Et les poissons rouges? Qui a pissé dans les poissons rouges?

> *Antoine se lève, confus. Il est aussi grand que la grand-mère.*

LA GRAND-MÈRE, *hors d'elle, s'approche.*

Petite ordure! Troppman! Assassin! Tu finiras sur l'échafaud!

> *Elle le gifle deux fois, aller retour. Le noir soudain. La lumière revient aussitôt. Antoine, dans le même costume, est assis dans un fauteuil et lit un livre. Il a une cravate et n'a plus son bonnet marin. Il fume un cigare. Entre Charlotte, une femme encore jeune, jolie, un peu sèche. Elle s'exclame, le voyant.*

CHARLOTTE

Alors, toi, tu lis?

ANTOINE

Oui.

CHARLOTTE

On marie ta fille dans trois semaines et toi, tu lis?

ANTOINE

Oui.

CHARLOTTE

Qu'est-ce que tu lis?

ANTOINE

Le code civil. Au chapitre des divorces. J'étudie les moyens de la tirer de là l'année prochaine.

CHARLOTTE

Tu es un monstre! Ces enfants s'aiment!

ANTOINE

C'est ce qui me fait peur. Nous nous aimions aussi.

CHARLOTTE

L'amertume naturellement! C'est tout ce que tu as jamais trouvé pour paraître profond à bon marché. Et dire que tu as dupé ton monde avec cela, pendant vingt ans! On a porté ton théâtre aux nues. Mais on s'en lasse. Et maintenant c'est Popescu qui a du talent. On ne te joue plus que dans les patronages.

Antoine, plongé dans le code civil et son cigare, a un geste fataliste; il constate.

ANTOINE

C'est extrêmement limité : l'adultère, l'injure grave, une condamnation infamante. On est vite pris de court.

CHARLOTTE, *hausse les épaules et continue.*

Nous marions Camomille dans quinze jours à Gérard Courtepointe. Elle est très jeune, je le sais, mais Camomille — t'es-tu quelquefois penché sur ta fille? Non. Tu n'en avais sans doute pas le temps. Tu préférais renifler tes petites comédiennes, qui se moquent de toi, mon pauvre ami, tout le monde en rit, dans les coulisses... Enfin, passons! Cela aura été ma vie! Camomille est un petit être rare, plein de maturité pour ses quinze ans. Et Gérard Courtepointe, s'il est très jeune aussi, aura dans les usines de plastique de son père une excellente situation dès qu'il aura passé son bachot. *(Antoine a un geste vague du bras. Charlotte continue, amère.)* Je sais, tu t'en moques! Tu es au-dessus des questions d'argent — quoique tu en gagnes de moins en moins... C'est aussi une de tes poses... Antoine : ce grand honnête homme, au-dessus de tout. Ah! il faudrait qu'ils vivent un peu avec toi!...

ANTOINE

Qui?

CHARLOTTE

Ceux qui t'admirent... Mais passons encore... Nous n'avons pas le temps d'une dispute complète : je suis attendue chez le coiffeur. As-tu pensé à ta jaquette? C'est naturellement moi qui m'occupe de tout, comme d'habitude, malgré mes migraines continuelles. Je ne tiens qu'à force de médicaments. T'en soucies-tu? Tu dors, toi, pendant mes insomnies. Les robes, les invitations, le lunch de cent cinquante personnes, ton haut-de-forme et ta jaquette. Patrick Fausseporte m'a dit que, pour ses congrès internationaux de chirurgiens-dentistes, il en louait une, faite spécialement sur ses mesures, dans un établissement spécialisé proche du boulevard Saint-Germain. C'est infiniment plus économique. Y es-tu passé? Non, sans doute!

ANTOINE

Pour qui me prends-tu? Je me suis commandé une jaquette chez le premier tailleur de Paris.

CHARLOTTE *s'exclame, aigre.*

Toi qui es si avare pour mes robes! Mais tu ne la remettras jamais avec la vie d'ours que tu mènes!

ANTOINE

Jamais! Mais ma fille se mariant enceinte à quinze ans, après sa première surprise-partie, j'ai pensé qu'il fallait accompagner cette cérémonie d'une certaine solennité. Ma jaquette sera à moi!

CHARLOTTE, *vexée.*

Enceinte! Tu n'as que ce mot à la bouche. Tu n'as aucune pudeur. Tu es odieux.

ANTOINE

Pourquoi? Je ne reproche pas à Camomille d'être enceinte, je trouve cela plutôt sympathique : je lui reproche d'épouser un imbécile. C'est le seul crime irrémissible. Et comme ta fille aura une robe de style pour cacher à tout Paris — qui le sait déjà, d'ailleurs —, qu'elle se marie grosse, moi j'aurai un haut-de-forme pour cacher la rougeur de mon front!

Il a dit cela, bouffonnant un peu.

CHARLOTTE *ricane, amère.*

Fais le pitre, comme d'habitude! Le pitre démodé. Tes plaisanteries ne font même plus rire ton public. Ta dernière générale a été sinistre, mon pauvre ami!

ANTOINE

Moi, j'ai ri, dans ma baignoire. J'ai fait assez de bruit.

CHARLOTTE

Tu as été le seul. Popescu, lui, fait rire par l'ab-surde. Ton comique à toi est dépassé. Nous ne nous sentons plus concernés. Tu ne pourrais pas te pénétrer un peu du tragique et de l'absurdité de la condition humaine, non? Cela serait trop, pour toi? Un homme de cœur le ferait — au moins pour sa famille! Mais non! Toi, tu mets ton point d'honneur à ne pas être dans le vent!

ANTOINE *a un geste et dit doucement.*

J'ai peur de m'enrhumer.   être dans le vent...

> *Charlotte hausse les épaules et sort claque-*
> *tante — sur ses hauts talons. Du seuil, elle lui*
> *jette.*

CHARLOTTE

Comme c'est drôle. Tu n'es qu'un vieux boule-
vardier indécrottable. Voilà la vérité, mon pauvre
ami. Tu en es encore aux mots d'auteur! Ta fille
est enceinte à quinze ans, soit! Mais si tu avais
rendu sa mère heureuse, crois-tu qu'elle en serait
là? Tu es sûr que tu n'as rien à te reprocher?

> *Elle est sortie. Antoine, silencieux, réfléchit*
> *profondément et dit enfin, de bonne foi.*

ANTOINE

Non.

> *La grand-mère surgit dans son costume d'au-*
> *trefois, le considère un instant, haineuse, et lui*
> *jette :*

LA GRAND-MÈRE

Et les poissons rouges? Qui a pissé dans les poissons rouges?

> *Antoine a soudain l'air confus, tandis que la*
> *lumière s'éteint. Quand elle revient, très vite,*
> *dans le décor débarrassé de meubles, Antoine,*
> *toujours dans le même costume, est à bicyclette*
> *sur une route que semblent indiquer les para-*
> *vents; près de lui pédale un garçon de son âge,*
> *l'air tordu. Ils ont des casquettes de collégiens*
> *tous deux, et des cols Danton.*

LA SURETTE, *pédalant.*

Je te l'ai tout de même passé, oui ou non, mon
devoir de maths?

ANTOINE, *pédalant aussi*.

Tu me l'as passé.

LA SURETTE

Alors, tu pourrais peut-être me les prêter, ces cent francs?

ANTOINE

Je ne les ai pas.

LA SURETTE

C'est trop facile! Le papa de Monsieur est plein d'oseille, mais lui, il n'a jamais d'argent de poche!

ANTOINE

Tu as pu le constater. Je suis élevé selon les bons principes.

LA SURETTE, *haineux*.

Antoine de Saint-Flour, de la Fabrique Saint-Flour. Moi je suis un fils du peuple, un boursier. Monsieur l'oublie peut-être, quelquefois?

ANTOINE

En tout cas, tu te charges de me le rappeler! Mais le fait que je sois obligé de partager mes semaines avec toi, n'empêche pas papa de rester à cheval sur ses principes. Et c'est un cavalier indémontable! Il s'est juré de me préserver de l'influence néfaste de l'argent.

LA SURETTE, *pédalant*.

Hypocrite! Salopard! Tous les mêmes! Tu ne vaux pas mieux que lui. J'ai une déformation de la colonne vertébrale. Je suis un infirme! Et tu me traînes derrière toi, en vélo.

ANTOINE, *pédalant*.

Il ne fallait pas venir.

LA SURETTE

Monsieur voulait visiter les châteaux de la Loire, pendant ces trois jours de vacances... Passéiste, en plus! Et c'était ma seule chance de te coincer pour avoir mes cent francs.

ANTOINE

Si c'est pour cela que tu es venu, tu pédales pour rien. Arrivé à Blois, retourne en train.

LA SURETTE, *pédalant, douloureux*.

Je n'en ai pas les moyens, même en troisième! Le pauvre il n'a que son mollet.

ANTOINE, *pédalant, allègre*.

Alors, pédale!

LA SURETTE

Tu es abject! Tu te prépares déjà pour prendre la suite de papa. Pressurer le peuple, ça s'apprend tout petit.

ANTOINE, *simplement, soudain*.

Il n'y aura pas de suite de papa. Il est cardiaque et il a déjà eu deux attaques. Et maman vendra aussitôt la fabrique pour filer en Italie avec son bel amant. Son ambition, à elle, c'est la Riviera et le coït distingué.

LA SURETTE, *pédalant, morne*.

La pourriture bourgeoise n'intéresse pas le peuple. Et l'infarctus du myocarde, c'est encore une maladie de patron. Papa, lui, il les crache réglo, ses poumons, depuis trente ans, à la mine — et maman,

avec ses onze couches, c'est de la vraie pourriture
sur pied. Ça c'est des parents de pauvre! Des parents
présentables! La cuisse maternelle légère et l'infarctus : c'est des malheurs familiaux de gosse de riche...
Alors, pour m'attendrir sur tes vieux, tu repas-
seras! Tu ferais mieux de me les sortir, tes cent
francs.

ANTOINE

Je ne cherche à t'attendrir ni sur moi ni sur
mes vieux, et les cent francs, je ne les ai pas.

LA SURETTE, *de mauvaise foi.*

Alors, si tu n'as même pas cent balles, purotin,
pourquoi tu vas les visiter, les châteaux de la Loire,
en faisant pédaler un pauvre prolo derrière toi?

ANTOINE

Pour me cultiver.

LA SURETTE

Salaud! Ça se cultive avec le sang du peuple!
Et ma coxalgie, qu'est-ce que tu en fais?

ANTOINE

Tu n'avais qu'à ne pas venir. Personne ne t'y a
obligé.

LA SURETTE

Double salaud! Le peuple, alors, il n'a pas le
droit de se cultiver, lui aussi?

ANTOINE, *pédalant.*

Comme les autres. Et c'est pour cela que je l'ai
emmené. Mais alors qu'il pédale, et qu'il n'emmerde
pas les élites!

LA SURETTE, *épuisé.*

Et ça monte en plus! Rien que des côtes. Tu l'as fait exprès pour m'humilier.

ANTOINE, *qui peine aussi.*

Figure-toi que pour moi, ça monte aussi!

LA SURETTE

Oui, mais toi, tu es mieux nourri! Choyé depuis l'enfance. Phosphatine Fallières et lait Nestlé, ordure! Moi j'étais un enfant sous-alimenté. La peau sur les os. Je faisais peine à voir! Il n'y a pas de justice.

ANTOINE

Non. On commence à s'en douter.

LA SURETTE

Et tu verras, en plus, que je le raterai, mon bachot! Pour les fils du peuple ils sont deux fois plus vaches. Il y a un barrage... Ça les agace les boursiers, il faut les faire payer en nature. Ils ont des listes secrètes. Ils ne te posent que les questions que tu n'as pas eu le temps de préparer. Tu vas me faire pédaler longtemps, exploiteur?

ANTOINE

Jusqu'à l'étape. On l'a prévue ensemble.

LA SURETTE

Un fils de prolo tuberculeux, avec une coxalgie! Tout ça pour cent francs! Tu n'as pas honte?

ANTOINE

Non.

LA SURETTE, *soudain minable.*

Je n'en peux plus, mon vieux! Je t'assure que je n'en peux plus! Je vais chialer...

ANTOINE, *freinant.*

C'est bon. Je veux m'éviter ce triste spectacle.
Arrêtons-nous et reposons-nous dix minutes au pied
de cet arbre.

> *Entre un arbre. Ils mettent pied à terre et
> vont s'étendre, sous son ombre. La Surette, affalé,
> épuisé, marmonne.*

LA SURETTE

Ne va pas croire surtout que je t'en suis reconnaissant. Tu t'es arrêté par calcul. C'est un réflexe de
classe. Tu m'exploites mais quand tu sens que je
suis sur le point de crever, tu me ménages pour
que je puisse encore te servir. Les bourgeois aussi
veillent à faire dormir leur bonne, tout de suite
après la vaisselle du soir, pour qu'elle puisse frotter
vigoureusement dès l'aube... Ah, le système est bien
au point!

ANTOINE, *étendu, soupire.*

Ce que tu peux être emmerdant! Tu n'es pas ma
bonne.

LA SURETTE

Il ne manquerait plus que ça, salaud! Tu le voudrais bien, hein, que je te les cire, en plus, tes
chaussures?

ANTOINE

Merci. Je me les cire tout seul. Cela fait aussi
partie des principes de papa.

> *Un temps. Ils se reposent. La Surette demande
> soudain.*

LA SURETTE

Tu ne t'es jamais demandé pourquoi j'étais ton
copain?

ANTOINE

Quelquefois.

LA SURETTE, *simplement*.

Parce que je te hais.

ANTOINE, *doucement, après un petit temps*.

Je le sais.

LA SURETTE

Quand on s'est baignés dans le grand canal,
l'année dernière, et que j'ai failli me noyer; tu as
plongé et tu m'as ramené sur la berge. Si j'avais eu
la force de t'étrangler, je l'aurais fait.

ANTOINE, *doucement*.

Je le sais.

LA SURETTE, *après un temps, encore*.

Alors, toi, pourquoi viens-tu avec moi, au lieu
d'aller avec les autres? Tous les fils de richards de
la classe brûlent d'être tes copains. Même le vicomte
Piémordu, qui pourtant ne fraye avec personne...

ANTOINE

Je ne sais pas. Parce que, moi, je t'aime bien
sans doute.

LA SURETTE, *sourdement*.

Double salaud. Il ne me laissera rien.

> *Il y a un assez long temps. Antoine a pris
> une bouteille de limonade dans sa musette, il la
> passe à La Surette. Ils boivent tous les deux au
> goulot, puis Antoine demande.*

ANTOINE

Qu'est-ce que tu veux en faire de ces cent francs?

LA SURETTE

Si je te disais que c'est pour soigner la furonculose chronique de ma vieille, tu me les donnerais peut-être, sale bourgeois? La charité, ça vous chatouille au bon endroit. Ça vous rassure. *(Un petit temps. Il dit soudain.)* Je veux les claquer avec une fille! Le peuple, lui aussi, il a le droit de faire l'amour.

ANTOINE

Il y a des filles à vingt francs autour de la caserne.

LA SURETTE

J'en veux une qui fume et qui pète dans la soie. Une du Grand Café, qui a une chambre à elle, avec un dessus de lit en satin. J'en veux une qui sent bon. J'aime le luxe, moi! C'est mon droit, non? Ça a trop pué autour de moi, depuis que je suis tout petit. J'aime les parfums.

ANTOINE *tire un billet de sa poche.*

Tiens. Si c'est pour ça, je te les donne. Seulement, il faudra abréger le voyage. On rentrera demain. On ne verra pas Chenonceaux.

LA SURETTE, *empochant le billet, haineux.*

Tu ne te figures pas que je vais te dire merci, non?

ANTOINE, *simplement.*

Non.

LA SURETTE, *ricanant.*

C'est beau, c'est grand, c'est généreux, la France! Monsieur me sacrifie un de ses châteaux historiques. Monsieur aura une petite lacune dans sa culture pour me permettre de tirer un coup avec une poule de luxe, comme un fils de bourgeois... Ça fait du

bien, hein, par où ça passe, la charité? Monsieur
est tout gonflé de bonne conscience en ce moment?
Monsieur pète dans son froc de satisfaction intime,
parce qu'il a donné vingt ronds à un pauvre dans
la rue?

ANTOINE *rectifie, calme.*

Erreur. Cent francs.

LA SURETTE

Le chiffre n'est rien! Et papa, il en a tout de
même d'autres à gauche, hein, malgré son infarctus?
(Il le regarde, haineux, et lui dit, soudain vrai.) Tu
vois ces cent francs, qu'il a fallu que je te mendie
toute la journée, en pédalant derrière toi malgré ma
coxalgie, eh bien, je ne te les pardonnerai jamais,
mon petit père. J'aurais presque préféré un refus et
un coup de pied au cul. Ils seront notés, tes cent
francs, tu peux en être sûr, avec le reste. Parce que
les pauvres, si tu veux le savoir, ils ont un petit
carnet de blanchisseuse — et tout y est!

ANTOINE

Cela ne te ferait rien d'arrêter la haine, pendant
le temps qu'on se repose? Tu reprendras ça en
pédalant.

*Il y a un silence, puis La Surette conclut
doucement.*

LA SURETTE

Moi, à ta place, j'aurais honte.

ANTOINE

De quoi?

LA SURETTE

D'être toujours bien. On ne te l'a jamais dit?

ANTOINE

Si.

LA SURETTE *le regarde,*
déformé de haine, et murmure.

Cochon.

ANTOINE, *se levant.*

Allez, viens pisser! Ça te soulagera et on va
repartir.

> *La lumière baisse pendant qu'ils se mettent en*
> *position contre l'arbre. Les paravents changent*
> *de place dans l'ombre. Quand la lumière revient,*
> *il y a sur scène quelques meubles légers de jar-*
> *din. Peut-être les actrices apportent-elles elles-*
> *mêmes leur chaise en entrant et la bonne apporte*
> *la table à thé toute servie. Il y a aussi, descen-*
> *dus des cintres, une échelle légère et des lam-*
> *pions multicolores qu'on est en train d'accro-*
> *cher. Entrent Charlotte, Madame Prudent sa*
> *mère, et deux dames en visite.*

CHARLOTTE

Venez à l'ombre sous la charmille, je vous en
prie, Mesdames. Quel beau Quatorze-Juillet nous
allons avoir cette année! *(Elle aperçoit Toto dans*
les coulisses et s'écrie.) Toto! Viens dire bonjour à
ces dames!

> *Toto surgit en vélo, fait le tour des dames,*
> *pédalant, et, au moment où on croit qu'il va leur*
> *dire bonjour, sort en leur tirant la langue.*

CHARLOTTE *s'exclame, vexée.*

C'est un vrai petit sauvage!

> *On servira le thé et toute la scène se jouera*
> *avec un jeu, en marge du dialogue, de petits*

doigts levés sur les anses des tasses et de petits
fours picorés avec des gestes mutins, aux moments
les plus inattendus de la conversation.

CHARLOTTE, *s'installant au milieu des dames.*

Chères amies!... C'est un plaisir chaque année,
ces retrouvailles, après neuf mois de vie de Paris!
Antoine, qui a vécu toute son enfance dans cette
grande maison familiale, si proche de la mer, ne
manquerait pour rien au monde un été ici avec les
enfants. C'est dans cette chaude atmosphère qu'il
a écrit la plus grande partie de son œuvre...

LA PREMIÈRE DAME *s'exclame.*

Comme cela doit être passionnant de veiller à la
paix du cœur et de l'esprit de son grand homme,
pour qu'il puisse nous donner ces merveilles que
nous attendons chaque saison!

LA DEUXIÈME DAME, *en deuil,*
s'exclame à son tour.

C'est un véritable apostolat!

MADAME PRUDENT

Ma fille fait de son mieux. Mais la nervosité de
mon gendre ne rend pas toujours les choses faciles.
Vous savez, les créateurs...

LA DEUXIÈME DAME, *entendue.*

Ah, les créateurs! Les créateurs! *(Elle questionne,*
soudain fielleuse.) Et cette chère petite Camomille?
Nous avons appris la nouvelle. Cela a éclaté comme
une bombe dans le pays. Je la vois encore jouer,
comme une petite fille, sur la plage, l'année dernière...

CHARLOTTE, *pincée.*

Ces enfants ont une véritable passion l'un pour l'autre, et nous ne sommes plus à l'époque où on disait non à l'amour.

LA PREMIÈRE DAME, *insidieuse.*

Il faut aller avec son temps, n'est-ce pas? Vous les mariez à la mi-août? C'est rare les mariages en pleine période de vacances, on a beaucoup de mal à réunir ses invités. Mais vous avez raison, quand l'amour est là, à quoi bon attendre?

LA DEUXIÈME DAME, *tout sourire.*

Ce n'est pas un mois de plus ou de moins qui modifierait les choses!

Un ange passe.

CHARLOTTE, *pénétrée soudain,*
à mi-voix, à la deuxième dame.

Je n'ai pas encore eu l'occasion de vous redire de vive voix ma peine pour votre affreuse perte... L'enterrement était justement le jour de la générale d'Antoine et nous n'avons pas pu nous déplacer... J'espère que maman vous a dit...

LA DEUXIÈME DAME, *pénétrée à son tour.*

Cela a été très bon de la savoir là, à votre défaut... Et votre bonne lettre, ma chère Charlotte, m'a été d'un grand réconfort. *(Elle soupire.)* Me voilà veuve... Enfin, cela devait arriver! Je n'en reparle jamais... Le médecin parlait bien de dépression nerveuse, mais qui eût cru que cela l'aurait conduit là? L'Église l'a tout de même béni. Cela a été une grande consolation pour moi. Oui, j'ai eu le service complet, avec tous les suppléments que j'ai voulus, pas seulement la messe basse.

MADAME PRUDENT
soupire après un petit temps.

Pour une fille! Et cette jeune personne s'est tout de même mariée le mois suivant? C'était la jeune caissière de la Boucherie Durand, n'est-ce pas? Une petite brune piquante?

LA DEUXIÈME DAME, *digne.*

Je n'en reparle jamais. Cette fille m'avait pris mon mari. En le trompant avec le premier commis, un garçon de son âge — comme il fallait s'y attendre! — elle me l'a en quelque sorte rendu.

MADAME PRUDENT, *un peu étourdiment.*

A quelque chose malheur est bon! Je veux dire, à côté de ces affreux divorces...

LA PREMIÈRE DAME

Oui. Une veuve du moins a toujours son mari.

MADAME PRUDENT

C'est ce que je voulais dire!...

LA DEUXIÈME DAME, *à Charlotte*
avec une certaine malignité.

Je n'aurais jamais toléré le partage... Nous avons beau être inondés de Parisiens — et il faut bien s'en réjouir pour l'hôtellerie et le commerce local — nous sommes restés des gens de province, ici, ma bonne Charlotte! *(Elle demande soudain, suave.)* Et Monsieur de Saint-Flour? Toujours amateur de bicyclette? Il paraît qu'on le rencontre souvent, pédalant du côté de Saint-Guénolé? Je crois qu'il a des amis, à l'Auberge de la Mer?

CHARLOTTE, *fermée.*

Il ne m'en a jamais parlé.

LA DEUXIÈME DAME, *jouant la confusion*.

Oh pardon! Je vous croyais au courant!... Comme tout le monde en bavarde... J'avais cru reconnaître cette jeune femme qui jouait le rôle de la jeune évaporée à Paris, dans la dernière pièce de ce cher ami?

CHARLOTTE

Edwiga Pataquès? C'est une excellente comédienne — et une fille d'un très bon milieu. Son père était vice-consul du Nicaragua à Nice. Je l'ai même reçue chez moi, à l'occasion de la centième de la pièce. Mais j'ignorais qu'elle fût dans la région.

MADAME PRUDENT, *fermée*.

Le métier de mon gendre l'oblige à fréquenter beaucoup de monde!

LA PREMIÈRE DAME, *enjouée*.

Et notre Côte d'Émeraude attire maintenant un véritable public international! Vous savez que la pâtisserie Couilletou est devenue l'endroit à la mode? C'est une cohue à l'heure de l'apéritif. Tous ces nouveaux venus, vêtus, ou plutôt dévêtus, il faut voir comment, à la terrasse!... Un vrai petit Saint-Tropez! C'est à peine si on ose encore y aller commander son saint-honoré du dimanche! Ils y perdront leurs vieux clients. Couilletou n'est plus le Couilletou que nous avons connu! La semaine dernière on m'y a volé mon parapluie.

MADAME PRUDENT s'exclame, *confondue*.

Chez Couilletou? Ce n'est pas possible!

LA DEUXIÈME DAME s'exclame aussi.

Josyane, vous n'allez pas me dire que c'était votre beau, de véritable écaille, cerclé d'or?

LA PREMIÈRE DAME, *sombre.*

Si fait, Gabrielle! Si fait. Le parapluie de mes quinze ans de mariage!

LA DEUXIÈME DAME

Mais c'est affreux! Qu'a dit Monsieur Pédouze?

LA PREMIÈRE DAME

Je n'ai pas encore osé le lui dire. Il en ferait une maladie! Ce parapluie était pour lui le symbole de notre bonheur.

> *Une conversation s'engage, croisée entre les quatre dames.*

CHARLOTTE, *à la première dame.*

Votre parapluie, votre beau parapluie que nous admirions toutes! Vous devez vous sentir toute désemparée?

MADAME PRUDENT, *en même temps*
à la deuxième dame.

Seule maintenant dans cette grande maison avec votre vieille Marthe, vous devez vous trouver bien perdue?...

LA DEUXIÈME DAME *soupire.*

Charles était renfermé, lunatique, et en fait, nous ne nous parlions jamais, mais enfin — il était là!

LA PREMIÈRE DAME, *à Charlotte.*

Bien sûr, je ne m'en servais pas tous les jours. J'en avais un vieux pour le marché, mais enfin, je savais que je l'avais! Vous dirai-je, chère amie, que je le sens encore à mon bras?

MADAME PRUDENT *poursuit, à la deuxième dame.*

Certes, on ne s'entend pas toujours. Mais enfin une vie ensemble... Et un mari, c'est un mari...

LA DEUXIÈME DAME

Ne serait-ce que pour les fournisseurs, les vaga- bonds qui viennent sonner. C'était tout de même une présence d'homme dans la maison. Une femme seule est une femme seule. Son pas éternel dans son bureau à l'étage — qui m'agaçait, bien sûr — Et même depuis qu'il avait pris l'habitude de lire son journal à table, cela peuplait encore la salle à manger...

LA PREMIÈRE DAME *continue, à Charlotte.*

Bien sûr, je m'en achèterai un autre, peut-être même un aussi joli — je n'aurai qu'à le dire à Monsieur Pédouze qui se ferait un devoir de me l'offrir —, mais enfin, ce ne sera plus mon para- pluie! Il était vieux, il s'ouvrait mal, il avait deux baleines tordues, mais c'était le mien! On est bête!

LA DEUXIÈME DAME, *à Madame Prudent.*

Un mari, c'est un mari. Si mal qu'on soit arrivés à s'entendre, et même si on ne s'adresse plus un mot, que voulez-vous, c'est tout de même à vous.

MADAME PRUDENT

On se déteste mais on s'attache et les disputes même, cela finit par manquer.

LA PREMIÈRE DAME, *à Charlotte.*

Et puis, vous avouerai-je, ce qui me tourmente le plus? C'est que je me demande quelle est la garce qui l'a maintenant à son bras. Une fois je l'avais lâché en descendant du trolleybus, il avait failli passer sous les roues, hé bien, j'aurais préféré cela!

mari = parapluie

MADAME PRUDENT, *à la deuxième dame.*

Je vais vous dire, ma bonne; vous avez au moins une consolation de votre peine, c'est qu'il n'est plus dans les bras de l'autre.

LA DEUXIÈME DAME

Oui, pour cela, maintenant, je sais au moins où il est.

Entre Antoine, costume de flanelle blanche à rayures, un canotier et des pinces à ses pantalons. Elle enchaîne gaiement.

Hé bien, Monsieur de Saint-Flour, bonne partie de bicyclette à la recherche de l'inspiration?

Têtes de Charlotte et de Madame Prudent. Un ange passe.

ANTOINE, *ingénu, ne se doutant de rien.*

J'ai poussé une petite pointe du côté de Saint-Guénolé. La promenade est belle!

LA DEUXIÈME DAME, *fielleuse.*

Fort belle!

LA PREMIÈRE DAME, *aimable.*

Le beau jour!

ANTOINE, *badinant, inconscient du danger.*

J'ai déjà entendu cela quelque part! Vous n'allez pas me dire que le petit chat est mort?

LA DEUXIÈME DAME, *démontée.*

Quel petit chat?

ANTOINE

C'était une allusion au théâtre classique...

LA DEUXIÈME DAME, *se levant, vaguement vexée.*

Ah, le théâtre... Le théâtre!... Pauvres de nous! Nous ne sommes que des provinciales aux vues étroites, Monsieur de Saint-Flour, nous n'avons pas le temps de nous tenir au courant des derniers succès de Paris... En tout cas, l'Auberge de la Mer est un endroit très agréable!

ANTOINE, *comprenant enfin,*
réplique, de glace.

On me l'a dit.

LA DEUXIÈME DAME, *qui s'est levée aussi,*
laissant passer un ange
avec un petit rire entendu.

Il faut que nous rentrions, ma bonne! Je n'aime pas laisser Monsieur Pédouze seul. J'ai toujours peur qu'il ne fasse une bêtise... L'autre jour, je suis arrivée, il était en train d'acheter tout un lot de brosses à un soi-disant aveugle!

ANTOINE, *les raccompagnant.*

C'est à cet âge qu'ils sont les plus encombrants! Mais un peu de patience, il aura bientôt l'âge de raison.

LA PREMIÈRE DAME,
minaudant, voulant jouer le jeu.

Cela existe, l'âge de raison, pour les hommes?

ANTOINE

Mais oui, mais oui... Un pied dans la tombe, ils comprennent qu'ils ont été terriblement inattentifs, et qu'ils ont laissé passer le bonheur...

LA DEUXIÈME DAME, *pincée.*

Le bonheur des hommes est à la maison. *(Elle*

embrasse Charlotte.) Au revoir, ma bonne. Je vais en profiter pour passer au cimetière faire une petite visite à Charles. C'est tout près.

ANTOINE, *aimable*.

Vous lui ferez mes amitiés!

Elles sont sorties, raccompagnées par Madame Prudent et par Charlotte, qui reviendra presque aussitôt.

CHARLOTTE, *rentrant*.

Comment peux-tu plaisanter aussi cruellement une veuve de fraîche date? Tu n'as donc de respect pour rien? Tu as donc un cœur de roc?

ANTOINE

Erreur. Une trace d'amour et ce cœur — qu'on dit de roc — fond. Je me trouve au bord des sanglots et prêt à donner ma chemise à un inconnu. Cette sensibilité exagérée serait même une infirmité assez embarrassante si, Dieu merci, la rencontre de l'amour n'était pas aussi rare.

CHARLOTTE

Gabrielle Fessard-Valcreuse a soigné jusqu'au bout son mari, qui était un être difficile, avec un dévouement absolu. Elle était aux petits soins pour lui.

ANTOINE, *s'installant pour lire*.

Les hommes ne vivent pas de petits soins.

CHARLOTTE, *tricotant, après un petit temps*.

Tu as remarqué que je n'ai pas relevé, devant ces dames, l'allusion à tes excursions en bicyclette à Saint-Guénolé?

ANTOINE

Je t'en ai été très reconnaissant.

CHARLOTTE

Edwiga Pataquès est une petite bonne femme sans importance et j'ai une idée très nette de ce qu'elle peut t'apporter, mon pauvre ami! Seule ma fidélité, à moi, compte à mes yeux. Je ne te la dois plus, mais je me la dois.

ANTOINE, *dans son journal.*

Tu m'évites donc d'avoir à te dire merci.

CHARLOTTE, *tricotant.*

Je serai jusqu'au bout une épouse exemplaire tricotant, comme Pénélope, au coin de mon foyer désert. Je te ferai crever de remords.

ANTOINE, *dans son journal.*

Il te faudra beaucoup de chaussettes. J'ai une santé de fer. *(Un petit temps; il ajoute.)* Pénélope, elle, brodait, ce qui avait du moins quelque prétention artistique.

CHARLOTTE, *aigre.*

Tout le monde ne peut pas être artiste!

ANTOINE

Tu as raison, cela ferait de l'encombrement.

Il lit son journal, elle tricote. Madame Prudent est entrée, figée dans une vague désapprobation, et elle est allée prendre place à côté de Charlotte, tricotant elle aussi avec les mêmes gestes.

CHARLOTTE, *au bout d'un temps.*

On peut savoir ce que tu lis?

ANTOINE, *morne*.

Les petites annonces...

CHARLOTTE

C'est passionnant.

ANTOINE

Oui. On t'y offre un piano à queue, six chaises rustiques, une épouse, quarantaine proche, aimant la musique et la littérature, goûts communs — ou une place de caissier. *(Il ajoute, soupirant.)* C'est curieux, on ne t'y offre jamais l'amour.

CHARLOTTE, *pincée*.

Si. Dans les magazines spécialisés!

ANTOINE

Je ne m'en suis jamais acheté un. Je me fais mes images moi-même.

CHARLOTTE, *aigre*.

Tu es un monstre!

ANTOINE, *doucement, dans son journal*.

Mais non. Le bonheur de l'homme est une vaste entreprise et je ne suis qu'un tout petit artisan local.

> *Il y a un long silence qui marque qu'ils sont plongés tous trois dans leurs pensées, avant que se croisent leurs trois monologues, dits à voix haute. Antoine chantonne peut-être, plongé dans son journal.*

MADAME PRUDENT *commence, tricotant*.

On pourrait épiloguer longtemps sur la mort de ce pauvre Fessard-Valcreuse... Le moins qu'on puisse dire, c'est que c'était un homme qui n'avait pas le sens du devoir. *(Elle dit soudain, sur le même ton, après un petit temps.)* Il avait une forte nuque rouge. Et du râble certainement. Quand on pense qu'il enjambait cette petite... *(Elle rêve un peu.)* L'abbé Mouillette aussi, a une forte nuque, et de curieuses mains de boucher. Mais son haleine est désagréable. *(Elle ajoute, après un instant.)* On imagine mal un prêtre tout nu. *(Elle réfléchit un peu et conclut.)* Au fait, ils doivent être comme les autres!

ANTOINE, *même jeu, derrière son journal.*

Il fait rudement chaud au soleil et la route est longue, mais c'est tout de même très agréable... Je pédale comme un jeune homme! Je ne sens même pas la grande côte de Saint-Julien. Je m'imagine la peau de ses cuisses. Au fond, c'est la peau de ses cuisses qui m'attache à elle. Certaines femmes l'ont douce à l'intérieur et légèrement grenue à l'extérieur. Ce détail a compromis pour moi bien des passions — qui auraient pu devenir importantes...

CHARLOTTE, *tricotant.*

Trente et un, trente-deux, trente-trois, trente-quatre, trente-cinq.

ANTOINE, *continuant.*

Parfois elle m'attend nue, toute chaude encore de soleil, sur le lit, dans la chambre aux volets fermés... D'autres fois, c'est moi qui arrive le premier, et je l'attends, fumant une cigarette dans le fauteuil, en regardant par la fenêtre les dernières baigneuses... Elle entre sur la pointe des pieds derrière moi et me bouche les yeux de ses mains qui sentent la crème solaire.

CHARLOTTE, *tricotant.*

Trente-neuf, quarante, quarante et un, quarante-deux...

ANTOINE

Je la respire, je grogne « Romph! Ma brioche!
Cuite à point! J'arrive à temps! Je vais la manger
toute chaude! Voyons, de quel côté est-elle la plus
cuite? Lève la jambe... » Elle gémit : « Oh! mon
chéri, qu'est-ce que tu vas inventer encore? » *(Il
rêve un peu, chantonnant.)* Poum! Poum! Poum!
Poum! Poum! Poum! Il n'y a plus qu'à laisser
place à l'imagination...

CHARLOTTE, *tricotant toujours.*

Quarante-six, quarante-sept, quarante-huit,
quarante-neuf, cinquante. *(Elle dit à Madame Prudent.)* Tu vois, maman, le point japonais, c'est plus
délicat que le point bulgare; à mon avis, c'est même
beaucoup plus compliqué, mais je trouve que cela
a plus d'originalité.

MADAME PRUDENT

Oui. Mais le point bulgare, au moment des dimi-
nutions, si tu fais deux mailles à l'envers au lieu
de la maille à l'endroit, tu as presque le point japonais avec infiniment plus de souplesse.

CHARLOTTE

L'originalité à tout prix! On devient de plus en
plus raffinés, au tricot; on complique, on complique
et à la longue, on s'aperçoit que c'est le classique
qui est le meilleur!

ANTOINE, *concluant sa rêverie, désabusé.*

Quoique les trouvailles de l'amour... On s'en fait
un monde et c'est bien limité. Ce qui compte au
fond c'est la tendresse. *(Il conclut, soudain grave.)*
J'ai beaucoup de tendresse pour Edwiga... Enfin,
de la tendresse... Oui, une sorte de tendresse...

Un silence. Les femmes tricotent toujours sur le même rythme. Madame Prudent enchaîne soudain, l'œil lointain.

MADAME PRUDENT

Louis Ferdinand s'en est allé avec toutes mes économies et une voisine divorcée, et c'est comme cela que j'ai dû renoncer à mon petit commerce de lingerie fine, qui était la source de beaucoup de joies pour moi... Mais mes cinq années de mariage avec lui, malgré ses infidélités et ses beuveries, je ne peux pas dire que je les regrette, non : quel bel homme c'était! Une véritable armoire à glace. Il écrasait la femme au lit. J'ai eu tant de plaisir avec lui, que j'en étais quelquefois honteuse. J'avais beau me dire que c'était mon mari... Le plaisir, quand on est une honnête femme, cela ne vous laisse jamais la conscience tranquille. *(Un petit temps; elle ajoute plus calme.)* Ce n'était pas comme Gratien, mon second. Nous sommes restés mariés dix ans et je ne l'ai jamais vu tout nu. Ah! On peut dire que ma vie de femme a été courte!

ANTOINE, *qui les regarde tricoter toutes les deux, rêveur.*

Elles se mettent à se ressembler de plus en plus... On dirait deux potiches, de chaque côté de la cheminée, dont une, un peu ébréchée... Le drame de la belle-mère, ce personnage comique du répertoire, c'est qu'il est l'image de la durée... C'est le seul cas où la vie vous présente le résultat tout de suite... *(Il les regarde, triste.)* Même tricot, mêmes tics, même rancœur vague... Avec laquelle, au juste, suis-je marié? Et tout cela a été jeune et a aimé! *(Il ajoute, on ne sait pourquoi.)* C'est une belle chose, les *Pensées* de Pascal! Il faudra que je les relise...

CHARLOTTE, *tricotant, l'œil lointain.*

Il doit me trouver hargneuse, méchante. Quand je le vois, c'est plus fort que moi : j'ai envie d'aboyer. Son odeur... C'est curieux, je n'y prêtais pas attention autrefois. Ni au bruit qu'il fait en mangeant... *(Elle ajoute, lointaine.)* Ce n'est pas que je n'aime pas l'odeur de la transpiration chez certains êtres... Ce jeune homme, l'autre jour, chez les Montmachou, qui venait de jouer au tennis... *(Elle rêve un peu, l'œil lointain.)* Antoine se lave, mais il sent le propre et je crois bien que c'est pire... Quelquefois je me dis que je devrais prendre un amant, ce serait de bonne guerre... Mais je n'arrive pas à imaginer...

ANTOINE, *rêveur, la regardant.*

Pauvre Charlotte! Si elle se doutait comme cela a peu d'importance, au fond! Ce n'est qu'une façon de faire connaissance... *(Il gémit soudain.)* On se sent si seul!

CHARLOTTE *lève les yeux.*

Tu as mal?

ANTOINE

Non. Pourquoi?

CHARLOTTE

Tu viens de pousser un soupir à fendre l'âme.

ANTOINE

Ce n'était rien. La chronique dramatique de Gontran dans « Le Figaro ».

CHARLOTTE

Mauvaise?

ANTOINE, *ingénu.*

Non. Excellente! Mais pour un autre.

CHARLOTTE, *tricotant.*

Sa vanité. Sa sotte vanité d'auteur qu'il ne s'avoue même pas... Il prétend qu'il est au-dessus de cela. Je t'en fiche! D'ailleurs moi non plus je n'aime plus ses pièces. *(Elle dit avec une certaine supériorité satisfaite.)* Je me sens beaucoup plus moderne, beaucoup plus intellectuelle que lui. Si j'ai un amant, un jour, ce sera un intellectuel de gauche. Un grand brun, athlétique, mais tout de même très bien élevé. Nous ferons l'amour, naturellement — il le faut bien quand on a un amant — mais surtout, nous parlerons. Nous parlerons de tout, enfin! Ce serait merveilleux de parler longuement de la révolution cubaine ou du problème noir, sur une peau d'ours, devant un joli feu de bois, un verre de whisky à la main — après l'amour... Il aurait une voix grave et douce, un peu comme le jeune homme qui jouait au tennis chez les Montmachou... Antoine, lui, ne veut jamais parler de rien. Il dit que, de toute façon, cela revient au même et que le fleuve de salive des intellectuels n'a jamais modifié aucun fait. C'est une véritable brute. Tout le monde le déteste à Paris et je crois bien que je le déteste aussi...

ANTOINE, *la regardant, rêveur.*

Pauvre Charlotte! Au fond elle est encore mignonne et si je ne la connaissais pas...

MADAME PRUDENT, *tricotant.*

D'abord, tous les hommes sont coupables! J'aurais pu me remarier, il n'y a pas si longtemps, avec Stéphane Leharquois. Il était très bien conservé : un ancien colonial. Mais il y avait quelque chose dans son regard qui m'a fait peur. Il m'aurait traitée comme ses négresses! *(Elle rêve un peu.)* Dieu sait ce qu'il aurait été capable de me demander! De

danser nue, peut-être? Cela m'en donnait des bouf-
fées de chaleur à l'époque... Et encore maintenant,
quand j'y repense... *(Elle soupire.)* Ah! on n'est à
l'abri de rien! J'ai tenté de le dire en confession,
à l'abbé Mouillette... Il a haussé les épaules. Il n'a
rien compris... *(Elle s'exclame.)* Ah, ceux-là! quand
on ne leur apporte pas un bon gros adultère!...

CHARLOTTE *se tourne.*

Tu disais, maman?

MADAME PRUDENT

Rien. Je pensais que nous devrions songer au
dîner. Adèle est partie à la teinturerie et elle n'est
pas encore rentrée... Ah, celle-là, pourvu qu'elle
coure! Un jour, elle nous reviendra enceinte!

ANTOINE, *rigolant dans son journal.*

Et fortifiée! Je la trouve pâlote cette enfant.
Vous la surveillez tellement qu'elle dépérit. On doit
se dégourdir les jambes, à son âge!

CHARLOTTE, *pincée.*

Tu pourrais peut-être l'y aider?

ANTOINE

Elle est mignonne. Tu m'y fais penser!

CHARLOTTE *se dresse soudain et hurle.*

Assez! Assez! Assez! Assez!

ANTOINE *se dresse aussi et hurle à son tour.*

Non! Assez! Assez! Assez! Assez! C'est moi qui
dis « assez »!

CHARLOTTE, *démontée.*

Comment, c'est toi qui dis « Assez »?

ANTOINE

Oui, c'est moi qui dis « Assez ».

CHARLOTTE

C'est un peu fort! Et veux-tu me dire pourquoi
tu dis « Assez »?

ANTOINE

Je dis « Assez » parce que tu as dit « Assez ».
Alors c'est moi qui dis « Assez »!

CHARLOTTE

Assez de quoi?

ANTOINE

Assez de tout! Assez d' « Assez »!

CHARLOTTE, *d'abord interdite, hurle.*

Mufle! Sale mufle! Je vais l'avoir, ma migraine!
C'est bien toi qui l'auras voulu!

Elle sort en sanglots, bousculant les meubles.

ANTOINE *s'est levé, noble.*

Belle-maman, vous êtes une femme de bonne foi
et de bon sens, et vous pouvez constater vous-même
que l'atmosphère de cette maison est devenue irres-
pirable!

MADAME PRUDENT

Charlotte est très nerveuse et vous ne savez pas
la prendre.

ANTOINE

Je ne peux pas passer mon existence, une paire
de pincettes à la main, à me demander comment
prendre ma femme. Je ne fais pas grand-chose, c'est

entendu, mais j'ai tout de même autre chose à faire. *(Il s'exclame soudain).* Cela devrait être plus simple, bon Dieu, la vie! Pourquoi toujours jouer au drame, alors que, tout bien pesé, l'amour, la politique, les hommes, tout est toujours plutôt ridicule et rigolo? Soyez de bonne foi, Madame Prudent! Entre quatre yeux, cela ne vous engage à rien, en tant que puissance neutre. Vous êtes témoin que j'ai fait une plaisanterie — minable, je le veux bien —, mais sans importance, sur la bonne. Et j'ai eu droit à l'explosion complète, celle qu'on réserve aux reproches majeurs! Où allons-nous si l'échelle des valeurs n'est même plus respectée? C'est tout un art, la dispute conjugale, un art très ancien et très respectable. Mais j'ai l'impression déprimante de travailler avec un amateur... Il y a des règles, belle-maman, il y a des règles! Tout cela ne s'improvise pas. *(Il crie comme Charlotte.)* Assez! Assez! Assez! Assez! *(Il conclut pour lui.)* Assez.

MADAME PRUDENT

Que comptez-vous faire? Cette situation ne peut plus durer. Vous croyez que c'est gai pour une belle-mère? Et vos enfants, témoins de vos disputes? Pensez-vous quelquefois à vos enfants? Antoine, vous êtes un grand coupable!

ANTOINE, *avec une emphase un peu ridicule.*

Je le sais! J'ai pissé dans les poissons rouges, et je repisserai dans les poissons rouges chaque fois que l'acte de pisser dans les poissons rouges se représentera à moi comme une manifestation profonde de mon moi.

MADAME PRUDENT

Qu'est-ce que vous me chantez mon ami? Quels poissons rouges?

ANTOINE, *marchant, hors de lui.*

De très anciens poissons rouges, belle-maman!
Les poissons rouges de la liberté humaine. Et allez
donc! To be or not to be! Ce n'est pas moi qui
l'ai dit!

MADAME PRUDENT

Vous n'avez plus votre bon sens!

ANTOINE

Erreur! J'en déborde! Mais c'est toujours scan-
daleux le bon sens. *(Il enchaîne, hors de lui.)* Depuis
que je suis tout petit, si j'en crois les autres, je
suis toujours coupable. Je fais tout mal. J'en ai
été longtemps troublé, et puis, un jour, je me suis
aperçu que ce qui était mal, c'est ce qui les gênait,
eux! Alors ce jour-là j'ai pris mon parti, j'ai décidé
de m'accepter en bloc. Avec l'œil dans la tombe!
Et s'il me regarde, je le regarderai aussi. Et on
verra qui cillera le premier! Regardez-moi bien,
belle-maman. Ce n'est peut-être pas très beau, mais
c'est ressemblant : C'est moi! Antoine de Saint-
Flour. Et il faut me prendre comme je suis. Je l'ai
bien fait moi! Et croyez que cela n'a pas été facile.

*Il s'est précipité sur son canotier et ses pinces
de pantalon.*

MADAME PRUDENT

Où allez-vous? Nous allons dîner dans une demi-
heure!

ANTOINE

A Saint-Guénolé! Douze kilomètres et ça monte,
mais j'y retourne!

MADAME PRUDENT, *pathétique.*

Dites-moi la vérité! Vous comptez divorcer,
Antoine, et épouser cette Edwiga Pataquès?

ANTOINE

Pour changer de reproches? En aucun cas, belle-maman! D'ailleurs, je crois à l'indissolubilité du mariage : C'est la seule garantie qu'on ait, de ne pas faire l'imbécile deux fois. Non. Je retourne à Saint-Guénolé sans plaisir — douze kilomètres de côtes et j'en ai déjà vingt-quatre dans les jambes — et, autant vous dire la vérité, puisque de toute façon vous ne pouvez pas la comprendre, vieille ingénue — sans désir! Le derrière d'Edwiga Pataquès est parfois aussi ennuyeux pour moi que la lune — cette boule blafarde qu'on se croit obligé d'admirer, avec une vague pensée métaphysique, les soirs d'été. Mais j'y retourne! Par rigueur! C'est ça l'homme! Pour me prouver que je suis libre. Envie ou pas, à moi la lune!

Il va sortir dans un grand mouvement; il se heurte à la bonne.

ADÈLE

Monsieur, il y a des gamins qui ont sonné pour dire que devant le garage, votre vélo, il avait ses deux pneus crevés! Ils disent qu'ils ont sonné pour dire que c'était pas eux. Mais je les reconnais. C'est des voyous. Une fois, pendant que j'étendais mon linge, ils sont passés derrière mon escabeau et ils m'ont soulevé ma jupe avec un bâton, à travers la grille, pour voir ma culotte.

ANTOINE, *sombre.*

Bon. Si le destin s'en mêle! Je ne serai pas coupable ce soir. Je vais consoler Charlotte.

Il sort.

MADAME PRUDENT *regarde Adèle et lui demande.*

Combien faut-il de temps pour aller jusqu'à la teinturerie?

ADÈLE

Cela dépend.

MADAME PRUDENT

Ça dépend de quoi?

ADÈLE, *suave.*

Des rencontres qu'on fait.

MADAME PRUDENT

Adèle, on ne vous a pas déjà dit qu'il fallait avoir
peur des hommes?

*Le noir soudain. Précipité. Le rideau est
tombé dans le noir. Une lumière sur le rideau.
Toto paraît par l'entrebâillement et annonce :*

TOTO

Mon père ce héros.

*Il commence à réciter comme un petit garçon
pas très sûr de lui le poème de Victor Hugo.*

Mon père, ce héros au sourire si doux,
Suivi d'un seul housard qu'il aimait entre tous
Pour sa grande bravoure et pour sa haute taille,
Parcourait à cheval, le soir d'une bataille,
Le champ couvert de morts sur qui tombait la nuit.
Il lui sembla dans l'ombre entendre un faible bruit.

*Il s'arrête, angoissé. Il répète deux ou trois
fois, cherchant la suite.*

Il lui sembla dans l'ombre entendre un faible bruit.

*Il cherche encore un peu, puis, soudain, il
passe au dernier vers.*

Donne-lui tout de même à boire, dit mon père!

Il se sauve par l'entrebâillement du rideau.

DEUXIÈME ACTE

La lumière revient sur La Surette et Antoine en vélo, hâves, pas rasés, en costume de soldats de 1940, bardés de musettes. Ils sont en train de pédaler sur une route déserte.

LA SURETTE

Tu te souviens les châteaux de la Loire, l'année du bachot, quand tu as failli me faire crever d'insolation, salopard? Si on nous avait dit qu'un jour on traverserait toute la France en vélo!

ANTOINE, *pédalant.*

Et en se pressant encore! Le pauvre, il a retrouvé son mollet? Il ne se plaint plus que ça monte? Il a l'impression que, cette fois, c'est pour lui qu'il travaille? Le voilà bien, l'intéressement du travailleur à l'entreprise!

LA SURETTE, *amer.*

N'empêche que les officiers, ils ont tous filé en auto! « Z'avez pas une petite place? Mais comment donc, montez mon général, on se tassera! »

ANTOINE, *pédalant.*

C'est pour ça qu'il fallait faire ta préparation militaire! Tu aurais pu filer en auto, comme les autres.

LA SURETTE

Ça m'aurait fait mal au ventre d'être officier!

ANTOINE

Il n'y a pas que les assauts! Tu vois que cela a du bon dans les défaites.

LA SURETTE, *aigre*.

Toi, tu l'as faite, ta P.M., sale bourgeois!

ANTOINE

Mais je l'ai ratée! Je suis sorti caporal chef. Il n'y avait pas plus bas comme grade. Alors je pédale, comme les autres.

LA SURETTE, *insidieux, au bout d'un temps*.

Moi, je serais toi, je me les arracherais mes galons.

ANTOINE

Ils sont en laine. Ils ne sont pas très compromettants.

LA SURETTE

D'ailleurs, je m'en fous. Je suis seconde classe. Je dirai que c'est toi qui m'as donné l'ordre.

ANTOINE

L'ordre de quoi? On est en train de foutre le camp.

LA SURETTE, *sournois*.

De foutre le camp.

ANTOINE, *ravi*.

Tu es ignoble...

LA SURETTE

Monsieur regrette? Monsieur est encore patriote?

Salaud! Ça a conduit le prolétariat à la boucherie pour défendre le capitalisme et ça veut encore charger en gants blancs!

ANTOINE, *qui pédale ferme.*

J'en ai l'air! A cette vitesse et dans la direction de Toulouse.

LA SURETTE, *hargneux.*

Oui! En troufion avec la dégaine que tu as, tu trouves encore le moyen d'en avoir l'air, ordure! Tu as fini de pédaler comme ça? Tu veux me semer pour t'en tirer plus facilement, tout seul, hein, sale vache? Et la pause horaire, qu'est-ce que tu en fais? On a droit à la pause horaire! Il y a un règlement!

ANTOINE, *pédalant.*

En temps de paix. Mais figure-toi que les Allemands sont en voiture et nous en vélo.

LA SURETTE, *inquiet.*

S'ils nous piquent sans notre unité, tu crois qu'ils nous fusillent? On a beau avoir jeté nos flingues, on a peut-être l'air de francs-tireurs? Moi je l'ai jamais voulue, cette guerre! La Pologne, moi, tu sais!

ANTOINE, *pédalant.*

Tu le leur diras. Ils seront ravis.

Ils pédalent en silence, ils sont fatigués.

ANTOINE

On ne doit pas être loin de la Loire.

LA SURETTE, *inquiet.*

Il paraît qu'ils organisent des îlots de résistance

dans le coin. On ferait peut-être mieux de se méfier. On ne peut pas faire un détour?

ANTOINE

Le tour de la Loire, c'est un peu long.

LA SURETTE *grommelle.*

Des îlots de résistance! Assassins! Comme s'ils en avaient pas fait tuer assez, des Français! D'abord, il y a les ordres. Les officiers, ils l'ont dit, avant de monter en voiture. « Rejoignez vos dépôts! » Où c'est qu'il est transféré le dépôt du 168e? A Montauban! Moi, l'ordre c'est l'ordre. Je vais à Montauban. Et personne ne m'arrêtera. En avant!

ANTOINE

Tu expliqueras ça aux gendarmes, si on en rencontre.

LA SURETTE, *amer.*

Toujours la pagaille en France! Ils auraient pu nous donner à chacun un papier avec le tampon du colonel, qu'on soit en règle!

ANTOINE

On était trop nombreux : ils n'ont pas eu le temps.

LA SURETTE

Leur peau. Sauver leur peau d'abord, bande de lâches! Ah! Il s'en souviendra, le peuple, d'avoir été trahi. Tout ça se paiera!

ANTOINE, *doucement.*

Il fallait rester avec le capitaine de Grandpié. Lui, il ne pensait pas à la sauver, sa peau. Il avait mis son monocle, ses gants blancs et il était en train de construire un barrage avec des caisses à

savon, pour arrêter les premiers panzers — avec
deux mitrailleuses, dont une ne marchait plus,
— mais il comptait faire le bruit, sans doute, pour
dérouter l'ennemi — et douze volontaires, douze
Bretons.

LA SURETTE, haineux.

Pauvres couillons! Tu veux que je te dise, ça
m'écœure de voir que la France en est là! *(Il crie,
sincèrement indigné.)* Le match de rugby, France-
Pays de Galles, c'est tout de même les tricolores qui
l'avaient gagné, non?

ANTOINE

En ce moment, ils sont tout raides, les douze
Bretons, tous les douze, dans leurs caisses à savon
— le capitaine de Grandpié tombé dessus, une
balle en plein dans le monocle parce que, bien
entendu, il était resté debout.

LA SURETTE, aigre, après un temps.

Tu pédales ferme dans la direction opposée, mais
ça te rend tout de même nostalgique, avoue-le,
salaud? Pas moi! Ce sont vos histoires de Romains
à l'école, qui vous ont tous tourné la théière. Les
boursiers, eux aussi, ils les potassent les Romains.
Il le faut bien, pour décrocher le diplôme. Mais,
si tu veux le savoir, ils s'en battent l'œil, des
Romains!

ANTOINE

Les douze Bretons du capitaine de Grandpié
n'avaient jamais entendu parler des Romains.

LA SURETTE

Les Bretons, c'est de la race d'esclave. Ça croit
encore qu'il y a des chefs. Il y a plus de chefs! Il

[note manuscrite dans la marge : Il est toujours amer...]

y a plus de curés! Il y a plus rien! Il n'y a plus que douze macchabées, qui ne sont même plus Bretons et qui vont commencer à puer dans trois heures.

ANTOINE

Ils ont bien dû en descendre deux ou trois!

LA SURETTE

Mais, les autres, ils sont tout de même passés, alors à quoi bon? Quand on est les moins forts, il faut avoir le courage de le reconnaître : c'est élémentaire. Le peuple, il l'oublie jamais qu'on l'a entraîné là-dedans. Tout ça pour des marchands de canons, qui n'avaient même pas été foutus d'en faire assez, des canons! Je vais te dire, on aurait dû capituler tout de suite! Avant même le premier coup de feu. Les Allemands, moi, je leur en veux pas! C'est des travailleurs comme moi. La preuve c'est qu'ils ont signé un pacte avec les Russes. Ce sont des enfants de salaud dans ton genre qui poussent aux guerres, parce qu'ils ont du fric à préserver et des galons. La patrie, le peuple, lui, il s'en barbouille. C'est pas à lui! Le peuple, lui, il n'a que sa peau et c'est à ça qu'il faut qu'il veille! A sa peau et à son salaire minimum. Alors, tes discours, moi...

ANTOINE

Je ne te fais pas de discours, je pédale...

LA SURETTE

Oui, mais tu les penses en pédalant! Tu crois que je ne t'entends pas les penser, ordure? *(Il hurle soudain.)* Arrête! Arrête! Tu as fini, oui?

> *Il a soudain sauté de vélo, hors de lui, bloquant le vélo d'Antoine.*

ANTOINE

Tu as failli me faire tomber. Qu'est-ce qui te prend?

LA SURETTE

J'en peux plus... J'en peux plus, tu entends, de t'écouter les ravaler tes discours! Tu as voulu la défendre la Pologne, hein, salaud? Tu as voulu les honorer tes engagements? Tu as voulu jouer au piou piou? Tu as voulu la préserver ta civilisation chrétienne et ta culture, espèce de charognard? Il y a trois jours, avant que je t'aie obligé à faucher les vélos de ces deux cloches qui s'étaient endormis dans le fossé, quand on allait encore à pied, les Fritz aux fesses, qu'on n'en pouvait plus sous le soleil et qu'on se disait qu'il fallait les garder tout de même les capotes — parce que, si on était piqués, c'est peut-être ça qui nous sauverait la peau dans un camp de prisonniers — Monsieur n'en pouvait plus, Monsieur a failli s'évanouir deux fois; et, comme il me prend pour son larbin, il m'a demandé si je ne pouvais pas la porter un moment sa capote, que sans ça, il allait la fourguer tout de même pour être plus léger... Moi, bonne poire, j'allais la prendre — pas par altruisme, non, mais pour qu'on en ait tout de même deux en cas de coup dur —, et qu'est-ce que je vois tomber de la capote de Monsieur, que Monsieur pouvait même plus porter? Des livres!... Shakespeare! Monsieur ne pouvait plus avancer, il s'agissait de sauver sa peau et Monsieur s'emportait son Shakespeare! Alors que, moi, dans mes musettes, qu'est-ce que je portais? Des boîtes de singe que j'avais volées aux cuisines, avant de partir, pour faire bouffer Monsieur!

ANTOINE

On risquait d'être prisonniers et d'avoir besoin de Shakespeare autant que de boîtes de conserves.

LA SURETTE, *qui le tient au collet.*

Ordure! C'est à des détails comme ça qu'on voit bien que vous n'êtes que des enfants de salauds! Le peuple, il se coltine les boîtes de singe pour nourrir la communauté, et le bourgeois — lui —, il emporte son Shakespeare, des fois qu'il aurait sa belle âme à nourrir! Et en plus, quand il a ses vapeurs, il demande un coup de main au peuple — entre camarades... Ordure! Franche ordure! Je ne sais pas ce qui me retient de t'étrangler. On est seuls sur la route et, un troufion de plus ou de moins, on n'est pas très regardant sur les additions, dans l'armée française, en ce moment.

ANTOINE, *doucement.*

Je vais te dire ce qui te retient, La Surette. C'est que le troufion qui manquerait à l'addition, ce ne serait peut-être pas forcément moi.

LA SURETTE, *soudain, regardant au loin.*

Attention! Il y a quelqu'un sur la route là-bas... *(Il a pris le bras d'Antoine.)* On ne se quitte pas, hein? Tu sais : on s'engueule, on s'engueule, mais on est tout de même copains...

ANTOINE, *qui regarde au loin à son tour.*

On voit mal avec le soleil. Qu'est-ce que cela peut être? On dirait que ça avance...

LA SURETTE

Tu crois qu'il vaut mieux lever les mains tout de suite? De loin, on a peut-être l'air agressif? C'est vert ou c'est kaki? Comment on dit camarade en Allemand?

ANTOINE

Kamerad.

LA SURETTE

Ah! Ils ont tout de même prévu qu'on pourrait avoir à se comprendre... *(Il lève les mains soudain et gueule.)* Kamerad! Kamerad!

ANTOINE

Et si c'est un gendarme français à qui tu cries « Kamerad »?

LA SURETTE, *les mains en l'air.*

Tu es le gradé, tu es responsable.

ANTOINE, *après un temps.*

Ce n'est ni un Français ni un Allemand : c'est une vache... Elle est peut-être abandonnée... Viens! On va essayer de la traire. Il ne faut pas lui laisser le temps de filer à travers champs!...

> *Ils remontent en vélo et se mettent à pédaler comme des fous.*

LA SURETTE, *pédalant, crie à Antoine.*

Monsieur sait traire?

ANTOINE

Non, d'ailleurs.

LA SURETTE, *hargneux.*

Moi, si! Quand j'étais môme je me suis farci six ans de colonie de vacances, où on nous faisait turbiner comme des esclaves, dans les fermes, pour gagner notre morceau de lard... Et c'est encore toi qui vas en profiter, ordure! Je te tuerai, je te tuerai un jour d'avoir passé ta vie à m'exploiter!

ANTOINE

Oui, mais, en attendant, tâchons de ne pas la laisser filer! Prends-la à gauche, je la prends à droite!

*Ils pédalent, visant la vache. Le noir soudain.
Dans le noir on entend le meuglement effrayé
de la vache.*

*Quand la lumière revient sur la scène vide,
un lit, une chaise avec leurs vêtements empilés,
une table de nuit, un lavabo. Ce doit être une
chambre. Antoine est déjà couché dans les draps.
Assis sur le pied du lit, La Surette achève de se
déshabiller. Il a enlevé une chaussette; il regarde
son pied et constate.*

LA SURETTE

J'ai les pieds sales; j'en ai honte pour toi.

*Il réfléchit un peu, regardant le lavabo en
face de lui d'un air vague et conclut.*

Enfin!... Je vais garder mes chaussettes.

*Il remet la chaussette qu'il avait enlevée et se
couche aux côtés d'Antoine dans les draps. On
dirait un couple.*

ANTOINE, *gentiment.*

Tu pues.

LA SURETTE

Tu sais... En temps de guerre, le sent-bon... Toi,
tu prends toute la place. Tu ne pourrais pas les
repousser un peu, tes fesses? Monsieur croit que
parce qu'il a payé la chambre, le lit lui appartient
en propre?

ANTOINE

Tu l'as entendue, la vieille garce? « Des petits
soldats français! Ça fait tellement plaisir de revoir
des petits soldats français! Mais je n'ai plus qu'une
chambre à quarante francs! Je ne peux tout de
même pas faire payer quarante francs à des petits
soldats français! »

LA SURETTE

Et Monsieur a sorti ses deux billets, en habitué des palaces... — « Voilà, Madame, on prend la chambre! » C'est ça, que je ne peux pas te pardonner — tu vois —, c'est l'aisance...

ANTOINE

Il s'agissait d'être invisibles jusqu'à demain matin. La ville grouille d'Allemands. Et on avait beau avoir l'air d'être de bonne foi, tous les deux... Nos uniformes n'avaient pas tout à fait la même couleur. On aurait pu tomber sur un curieux. Ils en ont, eux aussi... Demain, il faudra passer la ligne.

LA SURETTE, *se vautrant*.

Un plumard! Un vrai plumard, avec des draps! A quatre heures de l'après-midi. Dommage que ce soit avec toi!

ANTOINE

J'allais te le dire.

LA SURETTE *demande soudain après un petit temps*.

Tu en as eu beaucoup, toi, des femmes?

ANTOINE

Si on tient compte du chiffre global, on n'en a jamais beaucoup. C'est peut-être cela qui rend les hommes si nostalgiques...

LA SURETTE

C'est à cause de ton théâtre, ordure?... Tu leur proposes un rôle et tu leur dis « Seulement, il faut y passer, ma mignonne!... » Salaud!

ANTOINE

Non. Je n'ai jamais fait ça. J'aurais pu, mais je ne l'ai jamais fait.

LA SURETTE, *remâchant sa rancœur,*
à demi endormi.

Double salaud... Moi, je l'aurais fait... *(Il soupire, presque touchant soudain, sans doute parce qu'il dort à moitié.)* J'en aurais trop à te pardonner. J'y arriverai jamais.

Un silence. On les entend respirer, immobiles.

ANTOINE, *doucement.*

Pousse ton pied.

LA SURETTE

J'ai mes chaussettes.

ANTOINE

Pousse-le tout de même. Le lit est assez grand.

LA SURETTE, *bougeant sa jambe*
de mauvaise grâce.

Ça va... On partage en cas de nécessité, mais on le fait tout de même sentir que c'est soi qui a payé la chambre. On prend la grosse part. Tous les mêmes!...

ANTOINE

Tu rabâches. Laisse la haine. Dors. Demain matin l'inspiration sera meilleure.

LA SURETTE, *doucement.*

De l'esprit en plus! Monsieur se sera servi de tout pour m'abaisser.

ANTOINE

J'ai l'intention de dormir; je n'ai jamais eu l'intention de t'abaisser.

LA SURETTE

Alors c'est pire. Ça te vient d'instinct. Ça te vient
du Moyen Age, ordure!... *(Il récite.)*

> Poignez vilain
> Il vous oindra.
> Oignez vilain
> Il vous poindra.

On ne vous le pardonnera pas de sitôt, votre
quatrain!

ANTOINE, *un peu endormi.*

Mais non, ça ne me vient pas du Moyen Age...
Cela me vient de la sixième, au Lycée, tout simplement. J'ai eu toute mon enfance, les fesses sur les
bancs, pour m'habituer à toi. Tu es malheureux
comme les pierres, je le sais. Alors tu sors ça comme
tu peux.

LA SURETTE, *doucement.*

Quand on en a bavé tout môme, on a une grosse
addition.

ANTOINE

Et comme tu n'as que moi sous la main, c'est
moi qui paye... J'espère seulement que la vie te
permettra de changer de public, que je me repose
un peu... Tout n'est pas toujours de la faute des
autres, tu sais. J'ai connu des pauvres qui n'emmer-
daient personne.

LA SURETTE, *haineux, dans l'ombre.*

C'était plus commode, hein, salaud? Des pauvres
à maman, sans doute, à qui elle allait porter tes
vieux chandails et un kilo de bœuf — des bas mor-
ceaux — les perlouzes à son cou, le dimanche? Les
bons pauvres bien reconnaissants, ceux qui sont
inscrits au système? Je vois ça d'ici!

ANTOINE, *doucement.*

Tu dérailles encore. Ce n'était pas le genre dame patronnesse, maman. Son genre à elle, c'était plutôt la gambille jusqu'à cinq heures du matin et jusqu'à un âge avancé.

LA SURETTE, *haineux.*

Dans les boîtes de nuit de luxe, ordure? Où la bouteille c'est la semaine entière d'un travailleur?

ANTOINE

Exactement. Et cela me dégoûte autant que toi.

LA SURETTE *éructe dans l'ombre.*

Au poteau! On vous foutra tous au poteau! Ceux que ça dégoûtait et ceux que ça dégoûtait pas! Tous au poteau! Et ta mère d'abord!

ANTOINE, *sourdement.*

C'est fait pour elle. Fous-lui la paix.

LA SURETTE, *qui ne comprend pas.*

Au vrai poteau?

ANTOINE

Non, imbécile. Au poteau où l'on colle aussi les pauvres. Cancer au sein.

LA SURETTE, *un peu démonté,*
après un petit temps, dit étrangement.

Elle les avait encore baths, ta mère, les seins, quand je la connaissais. J'étais tout môme, mais elle m'aurait plu.

ANTOINE

Merci.

LA SURETTE, *après un petit temps,*
conclut, amer.

J'ai même pas eu droit à un faire-part. J'étais
pas une relation, sans doute.

ANTOINE

Je n'avais plus ton adresse. On s'était perdus de
vue entre le régiment et la guerre.

LA SURETTE, *presque touchant,*
après un temps.

Tu étais tranquille, hein, sans moi?

ANTOINE

Assez, oui.

LA SURETTE, *presque tendrement.*

Salopard. *(Il dit sourdement soudain, après un
temps.)* Moi, la mienne, tu sais comment elle a
claqué? Elle a reçu sa lessiveuse sur la gueule. Une
lessiveuse géante, elle lavait les draps de tout le
quartier. Elle a crevé dans d'horribles souffrances.
Des souffrances comme il n'y en a que pour les
pauvres, dans un hôpital dégueulasse, au milieu de
quarante autres vieilles aussi minables qu'elle... A
la fin, ils lui avaient mis un petit paravent, pour
ne pas trop démonter les autres tellement elle gigo-
tait. Et tu sais ce qu'elle a dit à l'infirmière quand
elle a vu qu'elle s'en allait? « L'avertissez pas; c'est
pas la peine. Il perdrait encore sa demi-journée. »

ANTOINE, *doucement.*

Pauvre vieille.

LA SURETTE, *acide, dans l'ombre.*

Tu chiales, j'espère? C'est aussi beau et aussi con
que ton Corneille, non?

ANTOINE *demande, après un petit temps.*

Tu l'aimais bien, ta mère?

LA SURETTE, *après un autre temps.*

Ça ne te regarde pas. Et de toute façon tu ne pourrais pas comprendre. Ça n'avait été que des histoires de coups sur la gueule entre nous. Elle d'abord, moi après, quand j'ai eu l'âge... Nous aussi, on a des traditions.

ANTOINE *se retourne dans l'ombre, soupirant.*

Dors maintenant. Demain tu ne pourras plus avancer.

LA SURETTE

Tu as peur que je t'encombre? Avoue-le donc que tu ne penses qu'à me semer, salopard, pour essayer de t'en tirer tout seul?

> *Antoine ne répond rien. Il y a un silence.*
> *On entend leurs respirations alternées. Ils*
> *commencent à s'endormir, derrière contre der-*
> *rière, puis, soudain, la voix de La Surette*
> *reprend doucement dans l'ombre.*

LA SURETTE

Tu vois, moi, quand j'étais encore môme, l'âge ingrat, quinze, seize ans, un moment j'ai pensé me faire curé. D'abord l'horreur du boulot. Quand on a vu son père trimer toute sa vie, on veut avoir les mains blanches, quoi qu'il arrive. C'est pour ça que le peuple, il est de plus en plus étudiant. Et puis, tu as tout de même la puissance... Remarque que c'est en baisse, malgré tous leurs efforts pour s'adapter... Mais ils ont encore leur truc, formidable-ment au point : travailler la petite angoisse de l'homme, parce que, l'homme, il est angoissé, il ne

sait pas trop ce qu'il fout là — et la retourner à
leur profit. Ça, c'était pensé, tu comprends! Et la
puissance à travers la bonne femme. Génial, ça!
Chapeau! Il faut reconnaître la valeur des francs
salauds quand ils en ont... Car ils l'avaient noté,
dès le début, gros psychologues, qu'en fin de compte
c'est toujours la bonne femme qui décide de tout!...
Oui... J'ai failli être curé. Et puis ça m'a dégoûté à
la réflexion. La soutane, en caleçon là-dessous, l'été...
Les simagrées — un minimum, mais tout de même!...
Alors, j'ai rencontré un copain qui était aux Jeu-
nesses Communistes et au lieu d'être curé, je me
suis inscrit au Parti.

ANTOINE, *la voix un peu empâtée de sommeil.*

Ça revient au même. Dors.

LA SURETTE

Et puis après je les ai quittés parce qu'ils
essayaient de m'humilier eux aussi. *(Il ajoute après
un silence, bizarrement.)* Quand j'aurai gagné un peu
de fric, j'aurai une bonne et je lui en ferai baver.

ANTOINE, *gentiment.*

Là, tu te trompes, mon gars... C'est ta femme
qui lui en fera baver. Toi, tu n'aurais même pas le
plaisir... Dors donc. Tel que je te connais, tu trou-
veras toujours un moyen pour emmerder les autres...
Ne serait-ce qu'en te plaignant, jusqu'à ce qu'ils en
crèvent de remords.

LA SURETTE, *doucement dans l'ombre,*
en s'endormant.

Il y a des fois où j'aurais voulu être nègre — ou
bossu. Pour pouvoir vous faire honte encore plus...
(Il ajoute, mystérieux.) Ou même bonne femme,
pour faire chialer mon bonhomme avec ma pauvre

petite âme torturée... Elles, c'est commode, elles
ont leur public sous la main...

ANTOINE, *doucement.*

Fous-moi la paix maintenant. Je voudrais dormir.

LA SURETTE *achève dans un murmure effrayant.*

Tu comprends, les paumés, c'est leur capital, leur
misère... Il faut qu'il leur rapporte, comme vous
votre fric...

ANTOINE, *après un temps encore.*

Tu es trop laid. Tu me fatigues. Dors. Si on leur
racontait notre histoire, il y a des gens qui se deman-
deraient pourquoi je te supporte...

LA SURETTE, *mystérieusement.*

Parce que tu es lâche. Tu as honte, alors tu as
mauvaise conscience et c'est comme ça qu'on t'a.
(Il ajoute sourdement.) Si j'avais été fort, moi,
j'aurais pas eu honte. Il y aurait longtemps déjà
que je t'aurais cassé la gueule. Et j'aurais jamais
rien partagé.

ANTOINE, *à demi endormi.*

Je sais. Ferme-la maintenant. Tu remettras ça
demain. Quand il fera jour.

LA SURETTE, *sourdement,*
dans un soupir, en s'endormant.

J'aime pas le jour.

> *On entend un moment leurs respirations alter-*
> *nées puis, dans l'ombre, La Surette murmure,*
> *à moitié endormi.*

Elle les avait tout de même baths, les seins, ta
mère, du temps où je la connaissais.

Antoine a ouvert les yeux dans l'ombre. Il rêve. Dans la pénombre, un personnage encore jeune et charmant est entré par le fond, en aigrette et en robe du soir avec un manteau très Poiret 1925. La mère dit, légère, du seuil [1].

LA MÈRE

Antoine, mon chéri...

ANTOINE, *sans se retourner.*

Oui, maman.

LA MÈRE

Tu travaillais? Je sors. Je vais à un gala assommant à l'Opéra, Ida Rubeintein et ses éternels cabochons! Cette femme est d'un démodé! Mais, après, Sylvestre Lecacheur m'emmènera souper au « Bœuf sur le Toit », avec quelques amis très drôles. Il y aura Cocteau. Je rentrerai sûrement très tard. Si ton père appelait, écoute. Il n'était pas très bien, ce soir.

ANTOINE

Oui, maman.

LA MÈRE

Pourquoi me fais-tu la tête encore?

ANTOINE

Je ne te fais pas la tête.

LA MÈRE

Tu hais Sylvestre Lecacheur, je le sais. Tu hais tous les hommes qui s'intéressent à moi.

---

1. Cette scène a été supprimée à la représentation à Paris. La lumière baisse jusqu'au noir sur La Surette à demi endormi, murmurant dans la pénombre : « Elle les avait tout de même baths, les seins, ta mère, du temps où je la connaissais. »

ANTOINE

Je ne sais pas ce que tu vas imaginer, maman.

LA MÈRE

Tu ne peux pas comprendre que je suis une femme et que j'ai le droit de vivre comme une femme. Je me suis sacrifiée pour toi. Je ne suis restée auprès de ton père que pour toi. Maintenant c'est un infirme haineux. Dois-je m'enterrer vivante à mon âge? J'ai bien le droit de vivre un peu.

ANTOINE

Oui, maman.

LA MÈRE

J'aime danser, j'aime sortir, est-ce un crime?

ANTOINE

Non, maman.

LA MÈRE

Alors ne me fais pas toujours tout payer par ton mutisme et tes airs de victime. *(Elle dit soudain hargneuse.)* J'ai un amant. Oui, j'ai un amant. Toutes les femmes ont un amant un jour ou l'autre, parce que toutes les femmes ont le droit d'être un peu elles-mêmes, sans être obligées de subir la tyrannie muette des leurs. Quand je serai morte, cela te torturera éternellement de m'avoir gâché mes dernières belles années par ton égoïsme et ton étroitesse d'esprit.

ANTOINE, *doucement.*

Je ne te reproche rien. Va danser, maman.

LA MÈRE

Alors fais-moi un sourire.

ANTOINE, *sans se retourner.*

Voilà.

LA MÈRE

Tu l'aimes, mon nouveau parfum?

ANTOINE

Beaucoup. Va danser, maman. Tu es très belle.

LA MÈRE, *avec une caresse légère à ses cheveux, avant de s'éloigner, dansante.*

Tu sais qu'il est très amusant, ton ami La Surette? J'adore les petits pauvres! Ils ont une façon de vous regarder : on dirait qu'ils lèchent une vitrine... Il a bien failli me manquer de respect, l'autre jour!

ANTOINE, *las.*

Je lui casserai la figure.

LA MÈRE, *avec un petit rire de gorge.*

Mais non. J'étais très flattée. Tu ne connais rien aux femmes. Madame Récamier disait : « Quand les petits ramoneurs ne se retourneront plus dans la rue, alors je comprendrai que je suis devenue vieille... » Allons, tu boudes encore! Décidément, j'ai un fils qui ne pardonne pas à sa maman d'être jeune. Toi aussi, tu verras, tu l'aimeras, le plaisir, et tu feras souffrir les autres. Ou alors, ils te dévoreront tout cru... *(Elle fait encore un pas, jetant, légère.)* Si ton père appelle, écoute... Mais moi, je n'en pouvais plus ce soir! J'étais littéralement poissée de pleurs! Et tout le monde a le droit de vivre, après tout.

Elle est sortie dans un bruit de soies. Antoine murmure quand elle a disparu.

ANTOINE

Oui, maman. *(Il ajoute.)* Mais tout le monde n'est pas aussi doué que toi, maman... Et pour finir cela vous colle, les larmes, comme la mouche, sur son papier... On bat encore des ailes pour se croire libre — mais c'est tout.

> *La grand-mère a surgi dans l'ombre, dans son costume ancien, derrière Antoine. Elle demande, haineuse.*

LA GRAND-MÈRE

Tu as fait tes devoirs, Antoine? Tes mains sont propres? Tu es sûr que tu n'as rien à te reprocher?

> *Antoine a poussé un soupir.*
> *Le noir lent efface la scène.*

TROISIÈME ACTE

La lumière revient sur le lit défait, au milieu de la scène déserte. Cela pourrait être la même chambre. Antoine, habillé de son costume de flanelle claire à raies, est assis sur la chaise, la tête dans ses mains, accablé. Dehors, on entend au loin dans la nuit une vague musique de fête, des pétards. C'est le 14 juillet.

ANTOINE *murmure.*

Un 14 juillet, en plus! Toutes les chienlits en même temps!

La bonne de l'Auberge de la Mer, une grosse femme en camisole et bigoudis, sort de la salle de bains, soutenant Edwiga à demi pâmée. Elle la recouche.

ANTOINE *demande.*

Elle a pu vomir?

LA BONNE

Oui. Une jeune fille si instruite, si distinguée! Des livres partout quand on faisait sa chambre! Ah! c'est du joli, les hommes!

ANTOINE

Gardez votre opinion pour vous.

LA BONNE

Une fille dont vous auriez pu être le papa, avec un peu de chance!

ANTOINE

Merci. Ne compliquez pas la situation. Allez vous recoucher maintenant. Je vous remercierai demain.

LA BONNE

Moi, j'aurais fait ça, j'en serais honteuse.

ANTOINE, *excédé,*
ne sachant plus ce qu'il dit.

Soyez tranquille. Je suis honteuse.

LA BONNE

Ah! voilà le docteur qui remonte avec sa piqûre...
Elle sort, s'effaçant devant le médecin. C'est
un bossu. Il va au lit et pique Edwiga en silence.

LE MÉDECIN

Elle s'assoupit déjà. Avec cette piqûre elle vous fera une nuit tranquille et demain vous n'y penserez plus. *(Il lui tape sur la fesse, la piqûre faite, avant de la recouvrir.)* Jolie fille! Vous ne devez pas vous ennuyer les soirs où elle ne se suicide pas. Elle se suicide souvent?

ANTOINE

Assez souvent.

LE MÉDECIN

J'ai vu cela à la dose. Elle savait très bien ce qu'elle faisait. C'est une comédienne?

ANTOINE

Oui.

LE MÉDECIN

Ces femmes-là, cher Monsieur!...

ANTOINE

Détrompez-vous. Elles n'en font pas beaucoup plus que les autres. Plutôt moins, parce qu'elles ont la représentation du soir qui leur suffit généralement. Les autres donnent leur représentation dans la journée, en privé. Ce qui est plus grave.

LE MÉDECIN, *qui range sa trousse.*

Que nous préparez-vous de beau, cette année?

ANTOINE

Rien. Je n'écris rien cette année. Je fais beaucoup de bicyclette.

LE MÉDECIN

Le sport, c'est bien — modestement, hein? quand on commence à avoir votre âge —, mais ne nous oubliez pas! Ce n'est pas parce que nous n'avons presque jamais le temps d'aller à Paris que nous ne suivons pas vos succès à travers la presse... Voyez-vous, cher Monsieur, la médecine m'absorbe : mais j'aurais rêvé d'être critique dramatique... Je crois bien que j'avais la bosse du théâtre! *(Antoine le regarde et commence à avoir envie de rire. Le médecin continue, imperturbable.)* Acteur, non. Je n'en avais ni le physique ni le goût. Auteur, non plus. J'aurais été incapable d'écrire une scène — mais, critique, il me semble que j'aurais su. *(Il a un petit rire aigrelet et confie.)* J'aime bien chercher les défauts chez les autres!... Vous avez un moment? Cela m'amuserait de bavarder de tout cela avec vous. Nous avons si peu d'occasions en province...

ANTOINE *a un regard au lit.*

Vous croyez que nous ne la dérangeons pas?

LF MÉDECIN, *négligent.*

Mais non. Elle dort.

ANTOINE

Vous n'êtes plus inquiet pour elle?

LE MÉDECIN, *même jeu.*

Mais non, pas du tout. *(Il a pris une chaise.)* Dites-moi, mon cher, ce nouveau théâtre, qu'est-ce que vous en pensez au juste, vous qui êtes un homme de la partie?

ANTOINE

Je vous avouerai qu'en ce moment... Je n'ai pas beaucoup la tête à... *(Il s'interrompt.)* Elle a gémi.

LE MÉDECIN *se lève, agacé.*

Tout le monde gémit en dormant! Allons! Je vais lui faire une seconde piqûre qui l'assommera. Sans cela, je vois bien que nous ne pourrons pas bavarder tranquillement. *(Il la découvre et prépare sa seringue.)* Là. Celle-là, c'est bien pour vous.

ANTOINE

Mais... c'est peut-être dangereux?

LE MÉDECIN

Mais non. C'est inoffensif. Vous avez peur des piqûres? Ne faites pas cette tête-là, parce que je vais entrer dans cette jolie fesse, d'une façon toute médicale, d'ailleurs. *(Il la pique et la recouvre.)* Là. Dormez, belle idiote. Quelle importance exagérée attachez-vous donc aux êtres, mon cher? A travers vos pièces, je vous croyais plus fort. Du joli bétail. Que ceux que cela amuse en profitent... C'est fait pour ça. Moi, la beauté m'agace et me répugne un peu. Je ne crois qu'à l'intelligence.

ANTOINE

Boh! Elle est bien décevante aussi. On en fait un gros abus aujourd'hui, et regardez où elle nous a menés : au siècle le plus absurde que les hommes aient jamais vécu! L'ancien culte de la beauté, avec toutes ses injustices, avait tout de même donné autre chose...

LE MÉDECIN

Je ne suis pas tout à fait de votre avis! C'est grâce à l'intelligence que l'homme moderne est en train de prendre pleinement conscience de sa véritable condition...

ANTOINE

Était-ce urgent?

LE MÉDECIN

Eh! Avec la bombe atomique qui nous guette!

ANTOINE

Boh! Pas tellement plus que le cancer ou l'ancien bon vieux choléra morbus de nos pères — c'était leur bombe atomique à eux! Et si l'homme doit sauter un jour, est-il tellement nécessaire qu'il saute conscient de sa véritable condition? Elle aura, d'un coup, si peu d'importance... Moi, voyez-vous, au contraire, devant le danger, j'organiserais plutôt de grandes kermesses, de vastes orgies...

LE MÉDECIN

Mais l'intelligence est la plus rare des orgies!

ANTOINE

Pas la nôtre. C'est une fiente de l'esprit, que nos roseaux pensants des cafés de la Rive Gauche prennent pour elle... Une diarrhée. De nos jours

l'intelligence fait sous elle... L'instrument, tenu
bien en main, dont se servait prudemment Descartes,
n'avait à peu près aucun rapport avec cette incon-
tinence de l'esprit.

LE MÉDECIN

Je ne suis pas tout à fait de votre avis! C'est en
remettant toujours tout en question, en entretenant
la révolution permanente que notre intelligence
moderne, précisément...

ANTOINE

D'abord, qu'est-ce que cela veut dire, l'intelligence moderne? Vous croyez que c'est une chose
qui fait des progrès, comme les moteurs à explosion?
L'instrument est resté le même, que je sache! De
nos jours le premier penseur de bistrot venu, sous
prétexte qu'il boit un coca-cola, les fesses sur du
plastic, sous un tube au néon, a tendance à croire
qu'il en sait forcément plus long que Platon!

LE MÉDECIN

Je ne suis pas tout à fait de votre avis! La pensée
contemporaine, faisant courageusement table rase
de tout — sauf du marxisme-léninisme qui est, bien
entendu, intouchable —, a remis l'homme à sa
place exacte dans son néant. Néant de sa religion,
de sa morale sociale, de son sexe!...

ANTOINE

Je ne vous passe que le sexe. Il a du moins un
avantage : il est muet. On ne l'a pas encore entendu,
Dieu merci, commenter la situation au moment
de l'acte...

LE MÉDECIN *a un rire aigrelet.*

Horrible pensée! Dieu sait ce qu'il dirait! *(Il*

s'est rembruni soudain, dégoûté.) Le sexe féminin est un abîme ignoble... Dans ce petit pays je suis obligé de faire de la médecine générale, mais ma spécialité est la gynécologie... Cela vous guérit, croyez-moi, cher Monsieur. Si tous les hommes étaient gynécologues, il y aurait beaucoup moins de crimes passionnels!

ANTOINE, *à qui la moutarde commence
à monter au nez.*

Mais les hommes, Dieu merci, n'ont pas encore décidé d'être tous gynécologues! Remarquez que cela viendra sûrement. On est déjà en train de les défriser tout petits, dans les écoles. *(Il s'exclame, furieux.)* Et les conseillers conjugaux, qui donnent gravement des conseils à Monsieur et à Madame assis tout raides sur leurs chaises, dans le cabinet passé au ripolin! Pauvres diables! Je voudrais bien savoir comment ils le font, l'amour, les conseillers conjugaux. Cela doit être gai! *(Il crie soudain, hors de lui.)* Est-ce qu'on ne peut pas laisser les hommes être maladroits et malheureux tranquilles comme ils l'ont toujours été, depuis toujours? Et tâtonner, comme ils l'ont toujours fait, avec plus ou moins de bonheur, pour gagner leur vie, leur liberté ou leur amour, à leur façon! Est-ce qu'on ne peut pas lui foutre un peu la paix, à l'homme et le laisser se débrouiller tout seul? Il en crève, d'assurances sociales, votre homme! Il n'ose même plus faire un pet, s'il n'est pas certain qu'il lui sera remboursé! Il s'étiole à force d'être assuré de tout et perd sa vraie force — qui était immense! C'était un des animaux les plus redoutables de la création.

LE MÉDECIN, *qui commence à se monter aussi.*

Vous tenez là des propos étrangement rétrogrades, Monsieur de Saint-Flour!... Et je ne suis pas tout à fait de votre avis!

ANTOINE, *furieux*.

Oui, mais moi, je suis du mien! Et je n'en discute même pas! Vous avez voulu qu'on parle? Alors laissez-moi parler! C'est comme ça que je conçois la controverse, moi!

LE MÉDECIN, *pincé*.

Mais il me semble que la controverse, dans une société démocratique, est une chose admise!

ANTOINE

Pas par moi! C'est pour cela que je ne discute jamais, ni sur la politique ni sur l'amour. Ce sont des sujets sur lesquels on s'est tu, pendant des siècles, et c'est depuis que tout le monde s'en mêle que rien ne va plus! Autrefois, la politique, c'était l'affaire des ministres, et l'amour l'affaire des putains. C'étaient elles, les conseillers conjugaux, et permettez-moi de vous dire qu'elles en savaient un peu plus long que les vôtres! Aujourd'hui, tout le monde veut être ministre et tout le monde veut être putain!

LE MÉDECIN, *qui se monte aussi*.

C'est que nous savons maintenant que chaque homme a le droit d'assumer pleinement sa condition d'homme, et de travailler pour l'homme, par l'homme et dans l'humain!

ANTOINE

Ta ra ta ta! L'homme avait son métier, sa famille et ses amours — c'était déjà très délicat et très absorbant si on voulait le faire bien et cela lui suffisait largement, croyez-moi, pour assumer sa condition d'homme!

LE MÉDECIN

Je ne suis pas tout à fait de votre avis! L'homme

a pris conscience d'être concerné, en tant qu'individu...

ANTOINE

Ta ra ta ta! Vous croyez que c'est la possession
illusoire d'un bulletin de vote ou d'un poste de
télévision qui le rend un individu? On est en train
de l'émasculer, Monsieur, votre homme! Et ce n'est
pas parce que quelques esprits tordus...

LE MÉDECIN *qui a blêmi soudain.*

Qu'est-ce que vous dites là, Monsieur? Est-ce une
allusion?

ANTOINE, *surpris.*

Quelle allusion?

LE MÉDECIN

Le mot « tordu », Monsieur. Auriez-vous l'intention d'insulter une infirmité qui a droit en tout état
de cause à votre respect?

ANTOINE, *un peu gêné.*

Je parlais d'*esprits* tordus, Monsieur. C'était peut-
être une expression malheureuse, et je vous prie de
m'excuser, mais...

LE MÉDECIN, *de glace.*

Suffit. Je vous entends, Monsieur. *(Il s'exclame
soudain, se dressant autant qu'il le peut, flamboyant.)*
Oui, j'ai une bosse! Ma colonne vertébrale dessine
une courbe — comme beaucoup de choses, d'ailleurs, qu'on trouve très belles dans la nature! Est-ce
parce que la vôtre dessine une droite, au lieu de
dessiner une courbe, comme la mienne, que vous
avez le droit de le prendre de haut avec moi? Tous
les hommes sont égaux, Monsieur!

ANTOINE

Je n'ai jamais dit le contraire et...

LE MÉDECIN, *s'approchant menaçant*
et le palpant, soudain.

D'ailleurs je voudrais bien vous voir tout nu,
vous! Les genoux cagneux, les pieds en dehors, une
tendance à l'obésité, les hanches trop larges... Cela
ne doit pas être beau non plus!

ANTOINE, *se dégageant, hors de lui.*

Avez-vous fini de me tripoter? Vous m'ennuyez
à la fin, Monsieur! Est-ce que je la touche, moi,
votre bosse?

LE MÉDECIN, *vipérin.*

Vous n'osez pas, mais vous en crevez d'envie,
salaud!

ANTOINE

Mais pas du tout! Quelle horreur!

LE MÉDECIN

On les connaît, vos vieilles traditions françaises,
vos vieilles gaudrioles éculées, du peuple le plus
lourd, le plus rigolard, le plus niais — et qui se
croit le plus fin d'Europe! Ah, il y a des jours où
j'ai honte d'être un bossu français!

ANTOINE, *un peu inconsidérément.*

Moi aussi! *(Il se reprend.)* Enfin, je veux dire...

LE MÉDECIN, *véhément.*

L'intelligence qui est dans nos bosses vous blesse
tous, voilà la vérité! Alors, de temps immémorial,
on a décidé de mépriser les bossus, de les humilier,
de les abaisser de toutes les manières, de les massa-

crer, quand on peut... Oui, Monsieur! Au Moyen
Age il y a eu des massacres de bossus, patronnés
par l'Église!... Tout cela par jalousie pure et simple,
parce que vous ne nous pardonnez pas notre supériorité! Mais nous nous sommes organisés, depuis
les temps de l'obscurantisme! Et nous sommes plus
puissants que vous ne le supposez! L'Association
Internationale des Bossus tient le haut du panier
de la grande banque mondiale, deux hauts conseils
d'administration sur trois, des chaînes entières de
journaux, la Ligue des Droits de l'Homme et une
bonne partie du gouvernement! Cela ne se dit pas
mais moi, je vous le dis : nous sommes partout!
Cela ne se voit pas, parce que nous avons des
hommes de paille, à la colonne vertébrale impec-
cable, que nous entretenons à grands frais et que
nous mettons en avant. C'est eux qui sont décorés,
c'est eux qui sont Généraux ou Présidents-Directeurs-
Généraux — c'est eux qui sont superbes — mais
croyez que dans l'ombre, nous les avons bien en
main! *(Il s'est calmé sans rien perdre de son arro-
gance et considère maintenant Antoine d'un œil froid.
Il ajoute.)* Je ne suis qu'un pauvre petit bossu de
province, mais je vous le dis, Monsieur de Saint-
Flour, prenez garde. Si vous vous avisez de toucher
à nos bosses, nous vous briserons. Il y a trop longtemps qu'on nous humilie; maintenant que nous en
avons les moyens, nous ne tolérerons plus rien.

ANTOINE, *qui a fini par être démonté,*
s'écrie soudain un peu angoissé.

Mais ce n'est pourtant pas ma faute si je suis
droit!

LE MÉDECIN, *calmé.*

Non. Mais n'en tirez pas avantage. Marchez un
peu voûté, tout de même. C'est un conseil que je

vous donne... Adieu, Monsieur. Demain matin votre
malade sera fraîche comme une rose et vous pour-
rez reprendre vos jeux dégoûtants avec elle — sans
remords... *(Il le considère, glacé, l'œil haineux.)* Car
j'imagine que cela ne doit pas vous étouffer, vous,
hein, les remords? C'est cela! Redressez-vous pour
me narguer! Allez-y donc! Frappez un infirme si
vous l'osez! Pourquoi pas, tant que vous y êtes,
sale nazi? *(Il conclut, glacial.)* Je vous méprise,
Monsieur. *(Après un bref salut, il est sorti.)*

ANTOINE, *quand il est sorti.*

Voilà un homme par qui je ne me ferai jamais
soigner!

EDWIGA *appelle soudain du lit,*
dans un gémissement.

Antoine...

ANTOINE *se précipite.*

Mon petit rat...

EDWIGA

Je vais mourir, n'est-ce pas?

ANTOINE

Pas du tout. Le médecin sort d'ici; il m'a assuré
que demain tu te porterais comme un charme.

EDWIGA *gémit.*

Qu'est-ce qu'elle dira, ma pauvre mère? Tu crois
qu'elle en mourra, elle aussi?

ANTOINE

Sûrement pas, puisque tu seras guérie demain!

EDWIGA, *sanglotant.*

Oh! Maman! Maman! Ma pauvre vieille maman!

Avec son intuition extraordinaire... Je suis sûre
qu'elle est déjà au courant. Elle sait toujours tout,
avant tout le monde. C'est une femme qui a tellement d'intuition!

ANTOINE, *gentil.*

Si elle a tellement d'intuition, elle sait déjà que
tu es rétablie; elle n'a même pas eu le temps d'avoir
peur!

EDWIGA *brame.*

Non! Non! Elle me croit morte! Je suis sûre
qu'elle me croit morte! Maman! Maman! Ma pauvre
maman! Ta fille est morte!

ANTOINE, *gentil encore, comme à une enfant.*

Mais non, tu n'es pas morte! Tu ne sais pas ce
qu'on va faire? On va lui envoyer un télégramme
à ta maman. On va lui dire que tu n'es pas morte.
Tiens... Je le rédige tout de suite pour te rassurer.
Où y a-t-il du papier? Je le donnerai à la bonne en
partant, et, demain matin, elle l'enverra en urgent...
(Il écrit.) « Madame Veuve Pataquès. Château du
Plessis-sur-Vesse. Var. »

EDWIGA, *dans un grand cri.*

Je t'ai menti! Ce n'est pas un château!

ANTOINE, *démonté.*

Mais je t'ai vu faire dix fois l'adresse?...

EDWIGA

Je fais l'adresse comme ça et ça arrive tout de
même. Mais c'est « rue du Château, Plessis-sur-
Vesse. Var ». Ça arrive tout de même parce qu'il
n'y a plus de château. Il a été brûlé sous la Révolution.

ANTOINE, *rectifiant, bonhomme.*

Va pour « Rue du Château ». Pour moi, c'est pareil. Mais pourquoi as-tu été me raconter cette histoire à dormir debout? Tu m'as cent fois parlé des rosiers grimpants sur la vieille façade de pierres grises?

EDWIGA, *dans un grand cri.*

Parce que j'avais trop honte!

ANTOINE

Honte de quoi? Que ta maman n'ait pas un château? Il y en a de moins en moins, tu sais, des mamans à châteaux! C'est très gentil une petite maison qui croule sous les roses... Je la vois très bien ta maman, dans son petit jardin, avec son petit sécateur, coupant ses petites roses...

EDWIGA, *amère.*

Elle ne croule pas sous les roses. Elle est derrière un garage en béton, et elle a seulement deux géraniums!

ANTOINE, *encore un peu démonté.*

Ah bon? *(Il enchaîne, gentil.)* Qu'à cela ne tienne! On lui enverra des rosiers pour la fête des Mères!

EDWIGA *continue, exaltée.*

Et puis, il n'y a pas que le château! Je t'ai menti! Elle ne vit pas de ses rentes, maman. Si elle avait des rosiers, elle n'aurait même pas le temps de les tailler. Elle se tue encore au travail, à son âge, avec son asthme qui la torture.

ANTOINE

Qu'est-ce qu'elle fait?

EDWIGA, *après une seconde d'hésitation,*
dans un grand cri déchirant.

Elle est voyante!

ANTOINE, *un peu ahuri.*

Voyante?

EDWIGA

Oui! Elle est voyante! Elle tire les cartes aux bonnes femmes du pays; pour quinze francs, elle leur lit l'avenir dans le marc de café. Oh! j'ai trop honte, j'ai trop honte maintenant que je te l'ai dit! *(Elle brame.)* Maman est voyante! Maman est voyante!

ANTOINE, *embarrassé, cherchant à la consoler.*

Calme-toi, calme-toi, mon petit rat... Dis-toi qu'à son âge, elle aurait pu être aveugle!

EDWIGA, *dans ses larmes.*

C'est pour ça que j'avais peur qu'elle ne me voie morte, — à cause du marc de café! C'est terrible, tu sais, d'être la fille d'une voyante. On a l'impression d'être toujours surveillée. Et c'est un métier qui fait rire les gens.

ANTOINE, *gentil.*

Pourquoi t'en faire un monde, mon petit rat? Il n'y a pas de sot métier. Je trouve tout naturel, pour ma part, que ta maman soit voyante... Moi, j'avais bien un oncle pasteur!

EDWIGA, *sanglotant de plus belle.*

Maman! Maman! Est-ce que tu m'as vue morte? Est-ce que tu sais que je suis déjà morte?

ANTOINE, *que cela commence à agacer un peu.*

Mais non, sacrebleu, puisque tu vis! Et puis,

d'abord, elle ne s'est probablement pas fait du café en pleine nuit, ta mère! Et quand elle s'en fera, demain matin, si l'idée lui vient d'y jeter un coup d'œil, en déjeunant, pour savoir les nouvelles, elle y verra que tu es déjà guérie, dans son marc de café.

EDWIGA *brame soudain, désespérée à nouveau.*

Et puis, d'abord, papa n'était pas vice-consul du Nicaragua à Nice! Je t'ai menti pour ça aussi! La seule chose vraie, c'est qu'il était du Nicaragua, mais il n'était pas consul, il était croupier! Au Palais de la Méditerranée. Et on l'a renvoyé parce qu'on s'est aperçu qu'il cachait des jetons dans ses chaussettes depuis des années, en faisant semblant de se gratter la jambe... Ça a été un scandale terrible! J'en ai honte encore quand j'y repense. Ils sont venus fouiller toute la maison! Ils ont même éventré mes poupées... Alors, de désespoir, désœuvré, il s'est mis à boire et puis, très vite, il a quitté maman. Il est parti avec une femme qui faisait des poids et haltères dans les music-halls. Un numéro tout à fait raté. Il l'aidait, en maillot rose, faisant le beau. On a été le voir, une fois, toutes les deux; on a failli mourir de honte... Et maman est restée seule à m'élever, sans un sou.

ANTOINE, *attendri.*

Mon pauvre petit rat...

EDWIGA

Elle a commencé par faire de la couture et puis après, elle a fait le trottoir.

ANTOINE, *bouleversé.*

Mon pauvre petit lapin...

EDWIGA

Et quand j'ai commencé à devenir jolie, elle m'a fait faire les Prix de Beauté, sur la Côte... Je le sentais bien ce qu'elle voulait, sans oser le dire, c'est que je fasse comme elle, à mon tour... J'avais honte et longtemps j'ai fait semblant de ne pas comprendre...

ANTOINE, *qui commence à être inquiet*.

Mon pauvre petit oiseau...

EDWIGA

Et puis le jour où j'ai été élue Miss La Garoupe, j'ai plu à Goldenstock qui faisait partie du jury...

ANTOINE

Mon pauvre... *(Il s'arrête.)*

EDWIGA *achève, assez fière*.

Et c'est comme ça que j'ai commencé à faire du cinéma.

ANTOINE *grommelle*.

Goldenstock! Je me doutais bien, ma petite, que ton père n'avait jamais été vice-consul du Nicaragua à Nice, et que tu rêvais un peu; mais de là à m'apprendre que tu avais été putain! Tu m'avais dit que tu étais au Conservatoire?

EDWIGA, *se dressant, hors d'elle*.

Mais je n'ai jamais été putain, grossier personnage! Et au Conservatoire, j'y ai été deux ans! Oh! je veux mourir! Je veux remourir! Où sont mes comprimés? *(Elle cherche.)*

ANTOINE

Dans ma poche. Inutile de chercher. Tu as été la maîtresse de Goldenstock, oui ou non?

EDWIGA, *dans un grand cri naïf.*

Si tu te figures qu'on est la maîtresse de Goldenstock comme ça! Il ne m'avait donné qu'un tout petit rôle. Trois cachets.

ANTOINE, *hors de lui.*

Trois cachets! Trois cachets! Il ne t'a même pas offert un yacht, une voiture décapotable, un appartement avec terrasse, je ne sais pas, moi, quelque chose d'honorable? Trois cachets!

EDWIGA, *digne.*

C'est un monde très fermé, tu sais, le cinéma.

ANTOINE

Et tu as commencé à traîner dans les studios à seize ans? C'est du propre! Et cela a été tout de suite les petits régisseurs, n'est-ce pas, dans l'espoir qu'ils te recommanderaient au metteur en scène, la première fois qu'une figurante aurait deux mots à dire?

EDWIGA, *avec quelque chose de vrai, soudain.*

C'est difficile, tu sais, d'être une jolie fille...

ANTOINE

Et le premier saligaud qui te proposait quelque chose... « Venez donc me lire un petit bout de scène dans mon bureau, mon petit loup... J'ai l'impression que vous avez du talent... » L'ordure! Je l'entends d'ici, le triste individu! Et trop heureuse, tu y allais, n'est-ce pas, dans le bureau de ce dégoûtant personnage?

EDWIGA, *tranquille.*

C'est comme ça que ça s'est passé avec toi.

ANTOINE, *superbe*.

Oui, mais moi, ce n'était pas pareil!

EDWIGA

Pourquoi?

ANTOINE, *d'une immense mauvaise foi.*

Mais... parce que c'était moi! Et à moi, tu m'avais vraiment plu. J'avais senti, en te voyant, quelque chose d'inexprimable.

EDWIGA

Eux aussi. Et s'ils m'invitaient à dîner, le soir même, c'était pour tenter de l'exprimer — eux aussi.

ANTOINE, *après une petite hésitation.*

Et... ils l'ont exprimé souvent?

EDWIGA *le regarde
comme si elle allait répondre,
puis elle hurle soudain.*

Oh! tu es trop laid, avec tes questions insidieuses! Tout est trop laid avec toi! J'aime mieux mourir! Où sont mes comprimés? Rends-moi mes comprimés. Je veux remourir!

ANTOINE

C'est trop facile!

EDWIGA

Pour toi, peut-être, mais si tu avais été à ma place... C'est facile de trouver, après, que c'était dégoûtant. Pour moi aussi c'était dégoûtant, figure-toi! *(Elle commence soudain étrangement, d'une autre voix.)* Elles rient pendant le dîner; elles vous écoutent avidement; elles s'efforcent de vous faire croire que vous êtes très intelligent; elles font marcher leurs faux cils à toute vitesse, de temps en temps, quand elles ont l'impression que cela ferait bien d'avoir l'air émues, mais elles voient l'heure qui approche — les filles — avec le champagne de la fin, et cela leur fait comme un robinet d'eau froide qui coule goutte à goutte dans leur ventre... Comment crois-tu donc que c'est fait à l'intérieur? Elles aussi, elles n'aiment que ce qui leur fait envie, et ce n'est pas toujours les hommes avec qui elles ont accepté de dîner.

> *Un silence pénible suit cet aveu. Antoine dit enfin, accablé.*

ANTOINE

C'est abominable!... Et moi qui te croyais une intellectuelle.

EDWIGA, *digne.*

Ça n'empêche rien. J'ai lu tout Sartre. C'est mon dieu. *(Elle ajoute, pincée, avec une certaine méchanceté.)* Et c'est un penseur — lui!

ANTOINE

Oui. *(Il s'est levé, vexé par ce dernier trait.)* Ma petite fille, tu vas mieux. Il est tard, ou, plutôt, il est tôt. J'ai douze kilomètres à faire — cela m'en fera quarante-huit, aujourd'hui, dans les mollets — et je n'ai pas de phare à mon vélo. Je te téléphonerai dans la matinée. Le médecin m'a assuré que tu serais fraîche comme une rose.

> *Il a pris son canotier, remis ses pinces à vélo à son pantalon et a été vers la porte, noble. Du seuil, il demande.*

ANTOINE

Tu n'as pas d'autres comprimés?

EDWIGA, *sombre.*

Une valise. Je ne pars jamais à la campagne
sans être sûre de pouvoir mourir quand je veux.
L'homme est disponible.

ANTOINE, *raide.*

C'est bien mon avis. *(Il fait un pas pour sortir
et demande encore.)* Où sont tes autres comprimés?

EDWIGA

Ça ne te regarde pas.

ANTOINE, *explosant soudain.*

Nom de Dieu!

> *Il se jette sur la commode, sur les valises,
> fouillant et jetant avec des gestes de dément
> tout ce qu'il trouve à travers la chambre. Il y a
> une quantité incroyable de slips et de soutiens-
> gorge.*

ANTOINE, *fouillant.*

On a peut-être le droit de choisir entre l'être et
le néant — comme dit ton dieu — mais alors dis-
crètement, au coin d'un bois, et une fois pour
toutes!... Et je n'en suis même pas sûr! Le suicide,
finalement c'est de l'égoïsme! Mais ce dont je suis
sûr, c'est qu'on n'a pas le droit de se servir de ça,
pour empoisonner les autres jusqu'à un âge avancé!
*(Il se retourne n'ayant rien trouvé, hors de lui, lui
tordant le poignet.)* Où sont tes autres comprimés,
petite idiote? Je ferai une perquisition en règle!

EDWIGA, *qui le regardait fouiller
de son lit, l'œil froid.*

Sale flic! Il ne te manquait plus que ça : le côté
flic! Quand j'arrive quelque part, je les cache, si
tu veux le savoir — et jamais dans ma chambre.

ANTOINE *s'est arrêté, soudain froid.*

Bon. Ma petite fille, on m'a reproché toute ma vie d'être une brute. D'aller mon chemin d'homme en bonne santé, libre et plutôt favorisé du sort et de ne tenir aucun compte des misérables et de leurs horribles tourments... En vérité, j'ai passé mon existence à essuyer des reproches, à ne pas dormir d'angoisse, à suer de compassion et à courir partout pour essayer de mettre un peu d'ordre dans la vie d'une demi-douzaine de pauvres mouches, empêtrées dans leurs complexes, leur impuissance congénitale ou leur égocentrisme maladif... Car, on ne le dit jamais, parce qu'ils ont les honneurs de la bonne littérature — comme les bergers et les bergères autrefois —, mais il n'y a pas plus égoïste que les pauvres! Ils se sont mis dans la tête, une fois pour toutes, qu'ils n'avaient rien à donner; mais, qu'en revanche, tout le monde leur devait quelque chose... Et c'est pour ça qu'ils sont infréquentables et non pas, comme le croient les petites bourgeoises, parce qu'ils ne lèvent pas leur petit doigt en buvant leur tasse de thé!... Et c'est pour ça, aussi, qu'ils se haïssent, et qu'ils s'en font baver les uns les autres, abominablement, dès qu'on leur en donne la possibilité dans les usines ou dans les prisons. Comme j'avais compris cela tout seul, tout petit, on m'a haï. On m'a traité de « fachiste ». C.H. Ce qui est un mot moderne, commode, qui ne veut absolument rien dire et qui doit probablement venir de « fâcheux ». Et si tu prends le Littré, tu peux y lire (je l'ai appris par cœur) : « Fâcheux : homme importun, incommode et dont la présence embarrasse. » *(Il s'écrie soudain superbe.)* Hé bien, je suis un fâcheux! Et je vais être digne de ma réputation. Dieu — pas le tien, le vrai — nous a, en définitive, créés comptables et responsables de notre

propre peau, tous, sans aucune aide garantie, sauf
le temps de l'allaitement — comme les plus humbles
des bêtes — qui n'ont jamais, elles, songé à se
décharger de leur destin les unes sur les autres...
Sauf les fourmis! *(Il s'arrête un peu démonté, sentant
obscurément qu'il y a quelque chose qui ne va pas
dans son raisonnement, et conclut.)* Ce qui prouve
que tous les raisonnements sont absurdes! Enfin,
pour te parler plus simplement, je voulais te dire,
ma petite, que je te laissais maîtresse de toute
décision concernant ta chère et pitoyable petite
personne et que je te disais bonne nuit. Le « fachiste »
te salue!

> *Il a fait un salut fasciste, d'un geste large
> et il est sorti très noble. Edwiga, d'abord ahurie
> par ce discours, s'est écroulée sanglotante sur le
> lit. Il rentre aussitôt et va à elle, minable.*

ANTOINE

Ce n'est pas raisonnable de pleurer comme ça,
mon petit rat. Tu ferais mieux de me dire où sont
tes autres comprimés et de me laisser te consoler,
mon petit chat!... Tu sais très bien que je suis plein
de tendresse pour toi, mon petit loup...

EDWIGA, *dans ses larmes.*

Rentre-la, ta ménagerie. Rien ne pourra me
consoler, jamais!

ANTOINE

Mais de quoi, saperlotte? D'abord pourquoi as-tu
voulu te tuer, cette fois, tu ne me l'as pas encore
dit. D'habitude tu me le dis toujours pourquoi tu
as voulu te tuer. C'est moi qui t'ai fait quelque
chose? *(Edwiga sanglote et ne répond pas.)* Qui
t'a fait quelque chose?

EDWIGA, *dans un grand cri désemparé.*

Tout le monde!

ANTOINE

Nous sommes trop nombreux! Ce n'est pas une réponse.

EDWIGA

Si! Tous, tous autant que vous êtes depuis que je suis toute petite, vous ne cherchez qu'à m'humilier!

ANTOINE

Pas moi, en tout cas...

EDWIGA *crie.*

Si! Tu crois que c'est gai d'être ta maîtresse dans cet hôtel plein de bourgeois qui me regardent! Tu n'y as jamais pensé sans doute? Tu crois que c'est gai d'être une fille qu'un monsieur vient voir tous les jours?

ANTOINE, *un peu hypocrite.*

En bicyclette! En voisin! On peut avoir des amis dans la région, sacrebleu!

EDWIGA

Des amis, oui, mais pas un! Et comme par hasard, un homme avec qui on s'enferme tous les jours, deux heures, dans sa chambre pendant que les autres prennent le thé sur la terrasse!

ANTOINE, *de mauvaise foi.*

Alors ton rêve, ce serait de prendre le thé avec ces dames, sur la terrasse? Tu me déçois! Je te croyais une fille libre, mon petit!

EDWIGA

Libre de quoi? De te donner ton plaisir quand tu viens — et puis de redescendre dans la salle à manger le soir, pour dîner seule, sous leurs regards —, toi reparti? Avec les autres hommes qui se disent, qu'après tout, ils ont peut-être une chance? *(Elle brame soudain.)* Je ne mangerai plus! Je ne mangerai plus! Je n'ai plus faim! D'abord c'est mauvais, leur gargote!

ANTOINE, *vexé et un peu sordide.*

C'est un hôtel de première catégorie! Tu as regardé le montant de la note chaque semaine?

EDWIGA

Non. C'est toi qui la règles. Mais moi j'en ai assez d'avoir l'air d'être, à cause de toi, une petite putain de première catégorie!

ANTOINE, *blessé soudain.*

Tu as de ces mots! Je croyais que tu m'aimais... Je paie ta note d'hôtel, bon! Mais je ne t'ai jamais donné d'argent, tu n'en as jamais accepté. Une robe de temps en temps, un bijou à Noël, une facture en retard par-ci par-là. Notre liaison est désintéressée!

EDWIGA

Tu parles!

ANTOINE

Qu'est-ce que ça veut dire « tu parles »?

EDWIGA

Ça veut dire « tu parles »; tu adores parler.

ANTOINE, *vexé.*

Tu es injuste! Va trouver un autre homme de lettres qui en dise aussi peu que moi.

EDWIGA, *avec un regard de haine, soudain.*

Et toi, tu es juste! Tu es toujours juste et délicat et bon, et c'est de ça aussi que j'ai assez! Je n'en peux plus que tu sois toujours si bien, ça m'écœure! Tu veux que je te dise? C'est encore plus dégoûtant qu'avec Goldenstock, avec toi. Au moins, lui, il ne m'a jamais dit qu'il m'aimait!

ANTOINE

C'est ça que tu me reproches de t'avoir dit?

EDWIGA

Oui! Je te reproche d'avoir fait semblant de m'aimer parce que c'était tout de même plus agréable que de se contenter de payer comme lui. C'est comme les restaurants où tu m'emmènes... Lui, c'est un homme simple. Quand il sort une fille, il va chez Maxim's. Toi, c'est toujours des petits bistrots qui ont l'air de cafés-tabacs, mais où ça coûte finalement encore plus cher! C'est ça ton vice « ne pas avoir l'air ». Même d'avoir de l'argent! Et moi, quand je pense comment vit ma mère et que je regarde les prix de la carte, dans tes restaurants, j'ai envie de vomir!

ANTOINE, *soudain furieux.*

Oui, mais loin de vomir, tu commandes des marennes! *(Il ajoute avec une certaine rancœur rentrée.)* Quand ce n'est pas du caviar.

EDWIGA, *fermée.*

C'est le vice des petites putains. Ça ne l'aime pas tellement, mais ça ne peut pas bouffer autre chose quand ça sort avec son Monsieur. Tu es avare en plus? Tu trouves que c'est trop cher, le caviar?

ANTOINE

Non. A condition qu'on ait le courage de le manger sans parler de la misère des autres! Parce que, toi aussi, tu triches, mon petit! Tu profites sur les deux tableaux. Nous sommes deux tricheurs. Seulement moi, je ne passe pas mon temps à te faire honte!

EDWIGA

Parce que toi, tu t'es offert une bonne conscience, en plus! Ce qu'on pouvait faire de mieux, tu y as mis le prix. Tu n'as même pas les inconvénients d'être un bourgeois. Tu peux aussi bien trinquer toute la soirée, sur le zinc, avec un chauffeur de taxi qui t'a plu, que d'aller serrer la pogne au Président de la République, le jour où il reçoit les artistes à l'Élysée!

ANTOINE, *soudain indigné.*

Là, il faut me rendre cette justice, ma petite fille — je n'ai pas toujours été brillant dans ma vie, loin de là —, mais c'est du moins quelque chose que je n'ai jamais fait!

EDWIGA

Je sais. Tu n'as jamais rien fait de bas. Tu n'as jamais été pauvre. Tu n'as jamais envié les autres. Tu n'as jamais eu faim!

ANTOINE

Erreur! Une fois, mon père m'avait coupé les vivres et je suis resté huit jours sans manger — sauf quelques invitations de hasard! *(Il ajoute ingénument.)* Je dois dire, pour être franc, qu'il me restait encore une caisse de whisky.

EDWIGA *le regarde
soudain sincèrement navrée.*

Tu es décidément affreux, mon pauvre chéri.

ANTOINE *qui ne comprend pas.*

Pourquoi? Tu vas me reprocher de trop boire,
maintenant?

EDWIGA

Tu ne sais rien. La vie aura été un jeu pour toi,
comme ton théâtre, où tu seras passé en dansant.
Vous ne savez rien, les petits riches, même quand
vous mettez votre point d'honneur à ne jouer qu'avec
nous. Et c'est pour ça qu'on se met à gueuler tout
d'un coup, à être bien répugnants, bien ignobles
avec vous et qu'on achève de creuser le fossé — vous
laissant tout tristes... *(Elle dit soudain avec une certaine noblesse.)* Moi j'ai vu papa en acrobate et
maman dans son marc de café et, à ça, personne
n'y peut plus rien. C'est comme si j'étais née noble.
(Elle ajoute, étrange.) C'est très fermé, tu sais, chez
nous — autant que chez vous.

*Il y a un silence. Antoine, troublé, gémit
soudain ingénument.*

ANTOINE

Ce n'est tout de même pas ma faute, si ma mère
n'était pas voyante! Je ne pouvais pourtant pas
l'obliger...

EDWIGA, *doucement.*

Non. Les nègres non plus, ce n'est pas notre faute
s'ils sont noirs. Mais cela les a tordus, eux aussi.
Alors ils foutent le feu à la baraque. Et tu peux
toujours leur faire des lois sociales, ils ne te par-
donneront jamais d'être blanc. C'est comme ça. *(Un
temps, elle dit soudain lassée.)* Allez. Rentre main-

tenant. Je vais très bien. Laisse-moi dormir. Tu peux revenir demain après-midi. Je serai très gentille.

ANTOINE *constate, étrangement,*
après un silence.

Je l'ai toujours dit. Au théâtre, dès qu'on quitte le comique, paradoxalement — c'est la chienlit! C'est pour ça que les chanteurs millionnaires, qui viennent manger du malheur au micro, me font vomir. C'est pour ça, aussi, que toutes les douze répliques je fais un jeu de mots de garçon de bains, pipi en scène, n'importe quoi — ils me l'ont assez reproché! — pour que la vérité qui approche ne soit pas dite. Il ne faut jamais dire la vérité : c'est elle le vrai désordre. *(Il constate ingénument.)* J'aimais mieux quand tu faisais l'idiote, au début de notre scène, c'était moins lourd. Cela restait de la comédie.

EDWIGA, *doucement.*

Sors respirer un peu. Enfourche ton vélo. Fonds-toi dans ta chère nature. Ça aussi, c'est pour les riches, la nature! Ça leur fait du bien. Allez, tu peux rentrer chez toi maintenant.

ANTOINE, *se levant.*

Oui, mais dans quel état!

Il a pris son chapeau, ses pinces de vélo, comme s'il allait partir. Soudain pris d'une inspiration subite, il se met à arpenter la scène, curieusement voûté, une épaule beaucoup plus haute que l'autre. Elle le regarde d'abord maussade, puis intriguée. Elle demande.

EDWIGA

Qu'est-ce que tu fais?

ANTOINE, *continuant, impassible.*

Je m'entraîne.

EDWIGA

A quoi?

ANTOINE

A avoir une bosse. Je sens bien qu'il faudra y passer. Il n'y a que comme ça que vous me tolérerez. *(Il a une idée soudain.)* Et si je boitais un peu? Ce serait peut-être mieux? *(Il arpente la scène de plus en plus vite, comme un fou furieux, bossu, boitant, atrocement; il crie.)* Ça va comme ça? Je n'insulte plus personne?

EDWIGA, *dressée sur son lit, crie,*
redevenue un personnage comique.

Tu es ignoble! Tu es un monstre! Tu trouves le moyen de rire de tout! Tu n'as pas honte de te moquer des infirmes, en plus?

ANTOINE *continue son manège,*
hurlant, déchaîné.

Je me la ferai déformer, la colonne! Je me ferai raccourcir un tibia! La chirurgie esthétique, elle n'est pas faite pour les chiens! Et après, j'aurai peut-être le droit de vous dire ce que je pense, à tous? Entre bossus, c'est tout de même toléré, non?

La bonne est entrée soudain, toujours en caraco
et bigoudis. Elle le regarde faire, sidérée. Il lui
crie sans cesse son jeu.

ANTOINE

Qu'est-ce que vous voulez encore, vous? Vous voyez bien que je suis occupé!

Il boite, furieux, sous les yeux de la bonne
ahurie.

LA BONNE

C'est la petite bonne de chez vous qui est là. Elle tambourinait à la porte, risquant de réveiller les clients, et il a encore fallu que ce soit moi qui me lève! Et demain je reprends à six heures et demie, pour les cafés au lait des pêcheurs! Seulement, la peine des autres, il y en a que ça n'empêche pas de dormir!

ANTOINE

Non. Mais ça les fait boiter! *(Il aperçoit la petite Adèle derrière elle; il va à elle, inquiet.)* Qu'est-ce qu'il y a, mon petit lapin?

ADÈLE, *devenue un messager de tragédie.*

Monsieur, c'est moi! J'ai pris sur moi de venir avec le vélo de la gardienne, pour vous dire qu'il y a Monsieur La Surette qui est caché depuis hier soir dans le garage. Il n'y a pas moyen de le faire sortir. Les enfants ont essayé, votre belle-mère, le jardinier, tout le monde. Il est derrière le tas de vieux pneus, dégoûtant, pas rasé, et il ne veut plus bouger. Il vous fait dire qu'il faut que vous veniez tout de suite ou que sinon, vous aurez sa mort sur la conscience! *(Elle répète, avec une certaine emphase satisfaite.)* Sa mort sur la conscience!

ANTOINE, *ajustant ses pinces à vélo et son canotier, clame, sortant.*

Deux bosses! Il me faudrait deux bosses comme aux dromadaires! Avec une, je ne m'en tirerai pas!

EDWIGA *lui lance, hargneuse, pendant qu'il sort.*

Tu confonds! Ce ne sont pas les dromadaires qui ont deux bosses, sale bourgeois! Ce sont les chameaux!

Le noir soudain.

La lumière revient faiblement, sur le rideau qui a été baissé. Toto paraît dans l'entrebâille-ment du rideau et annonce encore : « Mon père ce héros... » et il recommence à réciter avec sa maladresse d'écolier, le poème de Victor Hugo :

TOTO

Mon père, ce héros au sourire si doux,
Suivi d'un seul housard qu'il aimait entre tous
Pour sa grande bravoure et pour sa haute taille,
Parcourait à cheval, le soir d'une bataille,
Le champ couvert de morts sur qui tombait la nuit.
Il lui sembla dans l'ombre entendre un faible bruit.

Il s'arrête encore angoissé, répète comme la première fois :

Il lui sembla entendre dans l'ombre un faible bruit.

Puis son visage s'illumine, il a trouvé les vers suivants. Il les dit soulagé.

C'était un espagnol de l'armée en déroute
Qui se traînait sanglant sur le bord de la route...

Mais il s'arrête encore. Alors un machiniste, qu'on avait vu paraître impatient, par l'entre-bâillement du rideau, passe le bras et tire bru-talement Toto en coulisse, sans se laisser ridi-culiser davantage. Noir. Le rideau s'est relevé dans le noir. Éclairage glauque sur la scène, qui semble déserte. Les paravents ont changé de place; il n'y a plus qu'un tas de vieux pneus, derrière lequel La Surette est accroupi. Antoine, en costume de flanelle et canotier, comme il est parti, arrive avec son vélo. Il pose le vélo contre un paravent, allume la lumière avare d'une ampoule; il s'avance vers La Surette.

ANTOINE

Tu peux me dire ce que tu fais là, depuis hier soir?

LA SURETTE *le regarde,*
l'œil froid, et laisse tomber

Ordure! Tu as une façon d'accueillir les vieux copains... *(Il le regarde encore, dur, et articule.)* Il faut me sauver. Ils vont m'avoir.

ANTOINE

Qui?

LA SURETTE

Les Gaullistes. *(Antoine le regarde, ahuri; il conti-nue.)* Tu les lis quelquefois les journaux, autre part qu'à la page théâtrale? Je suis condamné à mort par contumace par la Haute Cour de Sûreté d'Issoudun. Intelligences avec l'ennemi. Il a bon dos l'article 75! Tout ça, pour un peu de marché noir. Et, malheureusement — pas dans le béton. Dans le béton, ils ont réussi à prouver qu'ils étaient tout de même patriotes et ça s'est finalement arrangé. Pas dans les cigarettes américaines et le whisky.

ANTOINE

Qu'est-ce que tu racontes? Quel marché noir? Quelle Haute Cour de Sûreté? Tu es saoul?

LA SURETTE

Je n'en ai vraiment pas les moyens. Voilà quatre jours que je ne bouffe pas... Je te dis que je les ai aux fesses!

ANTOINE, *qui ne comprend toujours pas.*

Mais enfin, qui, nom de nom!

LA SURETTE

Les patriotes! Il y en a un qui avait fricoté avec
moi et qui me devait trois briques. Il a retrouvé ma
trace. Alors tu penses bien qu'il veut ma peau.
L'amour de la France, ça l'a pris aux tripes, depuis
qu'il a compris qu'il avait un moyen de ne pas me
payer ce qu'il me doit. La Libération, c'est le grand
moratoire : tous les créanciers ils étaient plus ou
moins à la solde de Vichy. Ça s'est trouvé prouvé!

ANTOINE, *qui l'a écouté ahuri, s'exclame.*

La Surette, il faudrait tout de même s'entendre!
Ça se passe à quelle époque, au juste, cette histoire?
J'ai l'impression que tu embrouilles tout.

LA SURETTE

En 1944, pardi!

ANTOINE

En 1944? Mais nous sommes en 1960!

LA SURETTE, *mystérieux.*

Pas pour le moment, faut croire.

ANTOINE, *un peu troublé.*

En 1944? Alors, selon toi, je viendrais tout juste
de me marier? Je connaîtrais à peine cette jeune
fille timide qui s'appelait Charlotte? J'aurais encore
toutes mes illusions? Je t'assure que c'est absurde!

LA SURETTE

C'est toujours absurde de se marier. Mais enfin,
tu l'as fait! Cela a été ta façon à toi de fêter la
Libération! *(Il ajoute fielleux.)* Et je te ferai remarquer que tu ne m'as même pas invité. Un condamné
à mort, ça l'aurait foutu mal, dans l'entrefilet du
« Figaro », hein, triste sire?

ANTOINE *le regarde, encore ahuri,*
puis s'écrie, démonté.

Il y en a certainement un de nous deux qui est
fou! Ma fille a quinze ans et elle est enceinte. C'est
un fait, ça! Un fait indubitable, hélas, et je la
marie dans trois semaines à Gérard Courtepointe
qui avait trois ans en 1944. Il faut tout de même
un minimum de logique ou les gens n'y compren-
dront plus rien! Nous ne sommes pas en 1944, bon
Dieu! Je sors de chez ma maîtresse et je n'ai tout
de même pas commencé à tromper ma femme
avant de l'avoir épousée... Je suis ignoble, mais
pas à ce point-là!

LA SURETTE, *étrangement, soudain.*

Alors, si on n'est pas en 1944, pauvre fada,
qu'est-ce que je fais dans ton garage avec une
barbe d'un demi-centimètre? Voilà quatre nuits
que je couche dehors. C'est pour m'amuser, tu
crois, que je suis là?

ANTOINE, *le regardant, balbutie*

Mais...

LA SURETTE

Il n'y a pas de « mais ». Puisque je te dis que
je suis condamné à mort par contumace et que
j'ai les F.F.I. au train! Tu vas me laisser crever,
ordure? Tu vas faire comme tous les autres, tu
auras un trou dans la mémoire au moment de
l'épuration.

ANTOINE *s'exclame.*

Mais l'épuration est finie depuis belle lurette!
De Gaulle est parti et il est revenu. Ça y est. La
France est propre. On se prépare même à nettoyer
l'Algérie tant qu'on y est. Et je te dis que je marie
ma fille dans trois semaines, alors?

LA SURETTE, *tranquille*

Alors? Ce qui est arrivé est arrivé, voilà tout.
Et les histoires, les vraies, celles qu'on raconte
après, ce n'est jamais dans l'ordre chronologique,
c'est un trompe-l'œil qui nous abuse, sur le moment.
En vérité, tout se passe en même temps, te diront
les physiciens modernes... Ce qui est sûr, en tout
cas — et ça tu peux le constater, tu as le droit de
toucher —, c'est que je suis caché en ce moment,
derrière tes vieux pneus, dans ton garage et que
je risque douze balles dans la peau — d'origine
américaine d'ailleurs comme mes cigarettes — pour
fait de collaboration.

ANTOINE

Mais c'est absurde!

LA SURETTE

A qui le dis-tu!

*Il y a un silence; ils se regardent tous les
deux, Antoine complètement ahuri, La Surette
vaguement goguenard.*

LA SURETTE, *doucement.*

Non. Tu ne rêves pas, mon vieux. C'est bien toi.
C'est bien moi. Et je suis bien dans ton garage.

ANTOINE, *résigné soudain,*
après avoir marmonné quelque chose.

Bon! Ne cherchons pas à comprendre; nous élu-
ciderons cela plus tard. Cela doit être encore vaguement de ma faute, comme tout. Il est entendu,
une fois pour toutes, que je ne fais que des bêtises!
Et je commence à le croire... On m'a dit, toujours,
que j'étais tellement désordonné... J'ai dû mélanger
le temps, aussi... Nous sommes en 1944 soit — et

tu es dans mon garage, derrière mon tas de vieux pneus. Admettons que notre scène se situe à cette époque-là. Qu'est-ce que tu veux de moi?

LA SURETTE

Quatre cent mille francs.

ANTOINE *a un sursaut.*

Comment, quatre cent mille francs?

LA SURETTE

Le prix du billet. C'est donné, pour la peau d'un homme. J'ai un tuyau pour passer en Argentine, faux papiers et tout. Seulement il faut que je paie ma place d'avion.

ANTOINE *a une grimace.*

C'est cher!

LA SURETTE, *réaliste.*

Non. Si on considère la surface d'un homme — c'est fou ce que ça s'étend lorsqu'on défait les plis — j'ai calculé : ça met le centimètre carré de peau à un peu plus de quarante sous. C'est donné. *(Il le considère et ajoute, sarcastique.)* Au point où j'en suis, je te ferais bien un rabais, s'ils voulaient se contenter d'une jambe, pour t'éviter de trop gros frais... Mais ces salauds-là ne détaillent pas. Ils veulent absolument me les fourrer dans les tripes, à un mètre cinquante de distance, pour être sûrs que ça entrera bien, leurs douze pruneaux. Comme à tous les petits miliciens de vingt ans, qui s'étaient trompés de bureau de recrutement, qu'ils ont pris... Et la Ligue des Droits de l'Homme est très inquiète. Elle se demande tous les jours avec angoisse si on en fusille assez. L'atmosphère est au zèle, crois-moi. On n'a jamais eu une si

belle occasion de régler les questions de mur mitoyen.
La France est un bois mal fréquenté en ce moment
et on n'a jamais vu tant d'assassins avoir des
motifs aussi nobles.

ANTOINE *est tombé assis sur une caisse,
atterré; il murmure.*

Mais enfin, bon Dieu, pourquoi as-tu été travailler
avec les Allemands?

LA SURETTE, *simplement.*

C'était eux qui étaient là. Fallait pas les laisser entrer! Tu penses bien que si les Américains
étaient arrivés les premiers, j'aurais autant aimé
me défendre avec eux. Personnellement ils m'étaient
plus sympathiques! Mais je n'avais pas les moyens
de les attendre... La vie est là. Bien sûr, ce sont
des questions qui ne se sont jamais posées pour
un gosse de riche comme toi! *(Un petit temps, il
considère Antoine, l'œil froid, et ajoute.)* Quatre
cent mille francs. Pour une amitié indéfectible,
ce n'est pas tellement cher. Et la mort d'un vieux
copain, les tripes à l'air, accroché à un poteau à
étendre le linge — tu sais, ils sont débordés, ils
font ça n'importe où — ce n'est pas non plus
quelque chose de très agréable, comme souvenir!
Finalement, en remords, j'ai l'impression que ça
te reviendra encore plus cher. A toi de décider!

ANTOINE *répète, absurdement.*

Mais enfin, bon Dieu, pourquoi as-tu été travailler avec les Allemands?

LA SURETTE, *découragé.*

Tu voudrais que je te dise que c'est parce que
je croyais à l'Europe?

ANTOINE *se dresse, se ressaisissant.*

Je ne marche pas! C'est absurde! D'abord pour un peu de marché noir, on ne fusille pas. Il y a tout de même un code. Nous sommes en France et en République. Et le code pénal, c'est le code pénal. On ne l'a pas changé.

LA SURETTE

Non. Mais on a diffusé une petite brochure sur la manière de s'en servir. C'est là, le danger! Surtout chez un peuple primesautier, comme ces bons vieux Gaulois... Sur les cent cinq mille bonshommes exécutés sommairement, qu'on a avoués en haut lieu, je suis sûr qu'il y en a les deux tiers qui n'y ont rien compris à leur mort subite... *(Il ajoute, philosophe.)* Remarque, la mort, même par bronchite, personne ne comprend — jamais. On ne veut pas! C'est humain. Ça ne devrait arriver qu'aux autres, s'il y avait une justice.

Il y a un silence. Antoine gémit encore.

ANTOINE

Mais enfin, bon Dieu, pourquoi as-tu été travailler avec les Allemands?

LA SURETTE, *lassé.*

Tu te répètes, mon vieux! Si je te donne une bonne raison, ça te coûtera tout de même quatre cent mille francs — ou le remords éternel... « A choix! » comme disent les Suisses... *(Il gémit soudain.)* Ah! ce que c'est beau d'être Suisse! Louis XIV, Napoléon, Jeanne d'Arc, Bayard, les Taxis de la Marne : je fourguerais bien tout, moi, pour être Vaudois!

ANTOINE, *ébranlé.*

Il te faudrait la somme en espèces?

LA SURETTE

Oui. Figure-toi qu'à ma banque, ils sont très pointilleux en ce moment. Je ne me vois pas au guichet.

ANTOINE, *comiquement indigné.*

Avoue que c'est tout de même malheureux, que ce soit toujours moi...

LA SURETTE, *de glace.*

Pour moi aussi. Crois bien que j'aurais préféré demander ce service à quelqu'un que j'estime.

ANTOINE *gémit encore, hors de lui.*

Mais enfin, bon Dieu, pourquoi as-tu été travailler avec les Allemands?

LA SURETTE, *complètement écœuré.*

Tu as fini de jouer les Fourberies de Scapin? Tu me fatigues!... *(Il le considère avec un certain mépris.)* Prends une décision réaliste en dehors du répertoire, mon vieux! Fous-moi à la porte, ou va chercher l'argent. Je suis pressé, moi.

ANTOINE, *vaincu, soupire et regarde l'heure.*

Huit heures et demie. Dans une demi-heure la banque sera ouverte. J'y passe et je reviens.

LA SURETTE, *amer.*

Et voilà! Ah, il y en a pour qui c'est facile, la vie! Une petite signature et hop! tout est arrangé. C'est dégueulasse, l'argent. Vivement le grand soir!

ANTOINE, *le toisant, écœuré.*

Pauvre type. Tu es bien content que je te la donne tout de même, la signature!

Il fait un pas pour sortir. La Surette le rattrape.

LA SURETTE

Hé, dis! Ne te sauve pas comme ça! Tu es bien pressé tout d'un coup! Je voulais te dire... La signature, ça sera la même, et avec tout l'argent que tu as... *(Il insinue, ricanant.)* Ça a tout de même bien marché, le théâtre, hein, pendant la guerre? Fais-le de huit cent mille francs, tu veux, le chèque?

ANTOINE *sursaute.*

Tu es devenu fou?

LA SURETTE

Oui. D'amour. J'aime une fille. Elle est plongeuse, mais c'est une fille très bien. C'est la première fois que c'est sérieux. C'est la femme de ma vie, tu comprends?... Je veux l'emmener là-bas. Je n'aurais pas la force tout seul... Alors, forcément, il lui faut un ticket. Tu sais ce que c'est, les compagnies d'Aviation, ça a le cœur sec!

ANTOINE *l'a pris au collet, furieux soudain.*

Est-ce que tu te fous de moi, pauvre petit escroc!

LA SURETTE, *secouée, lui crie haineux.*

C'est ça! Bats-moi, maintenant! Un homme qui n'a pas mangé depuis quatre jours, qui fuit, qui est condamné à mort!

ANTOINE, *le secouant.*

Ta bonne femme viendra te rejoindre plus tard par ses propres moyens, si elle le peut, si elle t'aime encore! Je sauve ta peau, après tout ce que tu n'as pas cessé de me faire, parce que, pour mon malheur, je te vois encore en culottes courtes — mais c'est tout.

LA SURETTE, *secoué, glapit, indigné.*

Alors, c'est parce que j'ai des pantalons longs?
Ça tient à ça ton amitié? D'abord, qu'est-ce que
je t'ai fait? Tu peux me le dire, ce que je t'ai fait,
à part d'avoir été ton larbin à l'école?

ANTOINE

Ce serait trop long! Nous allons seulement parler
de la lettre...

LA SURETTE, *un peu inquiet.*

Quelle lettre?

ANTOINE

Quand tu étais au mieux avec eux, début 1944,
les Allemands ont reçu une lettre...

LA SURETTE, *gêné.*

Oh la la! Ils en ont reçu bien d'autres! La moitié
de la France a dénoncé l'autre, pendant l'occupation. Et à la Libération, pareil, l'autre moitié a
dénoncé la première. Le malheur, c'est qu'il y a
des historiens sérieux, qui se demandent si ce n'était
pas la même moitié, qui dénonçait... La lettre anonyme, c'est notre chanson de geste, à nous!

ANTOINE

Le malheur, pour toi, c'est que cette lettre-là
n'était pas anonyme et que les Allemands, qui m'ont
convoqué à la Propaganda Staffel, me l'ont montrée.

LA SURETTE *glapit.*

Tu les crois incapables de faire un faux, ces
gens-là? Après la dépêche d'Ems? *(Il se trouble
sous le regard d'Antoine et finit par avouer, plas-
tronnant.)* Hé bien oui! Je la trouvais dangereuse,
moi, ta fausse pièce grecque! ne serait-ce que pour

le moral des officiers fritz qui écoutaient ça tous les soirs. Et j'étais un collaborateur sincère, j'avais l'esprit européen, moi! J'avais le droit de dire mon opinion, non?

ANTOINE *qui le regarde navré*
et le lâche enfin.

Pauvre diable. *(Il ajoute, écœuré.)* Tu les auras tout de même, tes quatre cent mille francs. Ce n'est pas payer trop cher pour te savoir loin.

LA SURETTE, *goguenard, récite.*

« Donne-lui tout de même à boire, dit mon père! »... Ça vous lâche à regret son petit chèque, et ça se prend pour Victor Hugo!

Antoine hausse les épaules et reprend son
vélo pour sortir. La Surette glapit, courant après
lui, ignoble.

LA SURETTE

Hé! Huit cent mille ou je me laisse prendre! Huit cent mille ou les douze balles dans les boyaux à cause de toi! Je ne partirai pas sans elle, je t'avertis! Tu auras ma mort sur la conscience!

ANTOINE, *net.*

Quatre cent mille. Pas un sou de plus. C'est à prendre ou à laisser. Tu veux que j'y aille ou non, à la banque?

LA SURETTE, *le regardant sortir, haineux.*

Quelle ordure!... Et ça écrit des pièces sur l'amour!

Le noir soudain, pendant qu'Antoine sort.

QUATRIÈME ACTE

Quand la lumière revient c'est toujours le même lit, mais les petits éléments du décor sont disposés autrement. C'est la chambre nuptiale d'Antoine et de Charlotte. Ils sont au lit. Sur une chaise, sa jaquette, son haut-de-forme de mariage. Sur l'autre chaise, une robe et une grande capeline de couleur tendre.

ANTOINE, *bêtifiant, caressant Charlotte.*

Guili. Guili.

CHARLOTTE, *même jeu.*

Guili. Guili. Amour à moi.

ANTOINE

Non. A moi. Meumeu.

CHARLOTTE

Moumou.

ANTOINE, *bêtifiant.*

A qui c'est ça?

CHARLOTTE

A Antoine!

ANTOINE

Et ça?

CHARLOTTE

A Antoine!

ANTOINE

Et tout ça, tout ça?

CHARLOTTE

A Antoine!

ANTOINE

Guili. Guili.

CHARLOTTE

Guili. Guili.

ANTOINE

O solstice! Pleine lune! La mer étale...

CHARLOTTE, *serrée contre lui*

Ah, je suis trop bien avec toi! Tu crois que c'est dangereux d'être trop bien?

ANTOINE

Non. Le bonheur absolu, c'est un minimum. Les hommes ne sont pas assez exigeants. Ton petit cœur, je l'entends.

CHARLOTTE

Il saute comme un petit chien qui a retrouvé son maître.

ANTOINE, *la caressant.*

Et ton petit ventre doux et rond est mon ami... *(Il s'exclame.)* Et, en plus, on a des papiers en règle! On n'a même pas à avoir peur de l'œil torve de la femme de chambre, du sourire en coin du patron... Ah! C'est une chose délicieuse le mariage!... On devrait se marier tout 'e temps

CHARLOTTE, *pâmée.*

C'est comme du cinéma!

ANTOINE

Oui. Mais un très bon film. Guili. Guili.

CHARLOTTE

Guili. Guili. *(Il l'étreint soudain; elle murmure, enfantine.)* Oh encore? Cela peut se faire autant de fois, tu crois?

> *Pendant leur étreinte, soudain, très proche, un cri perçant de bébé qui ne s'arrête plus, en coulisses. Antoine a dressé une oreille inquiète.*

ANTOINE

Qu'est-ce que c'est?

CHARLOTTE, *tranquille.*

C'est Camomille.

ANTOINE *sursaute.*

Comment? Nous avons déjà un bébé?

CHARLOTTE

Hé oui!

ANTOINE

Mais c'est notre nuit de noces!

CHARLOTTE, *calme.*

Ce n'est déjà plus notre nuit de noces, mais c'est encore le paradis, mon chéri.

> *Le bébé qui n'a pas cessé de crier en coulisses pendant ces répliques s'arrête soudain. Détente.*

CHARLOTTE

Elle se calme.

ANTOINE, *béat.*

Ah, qu'on est bien!... L'eau fraîche du silence.
On est peut-être encore mieux que le premier jour,
parce qu'on a l'impression que cela dure... La vie
qui a pris une forme, enfin!... Une eau tranquille,
au courant lent, les rives verdoyantes, la barque
glisse, le calme...

> *Le bébé se remet à crier plus fort que jamais,
> en coulisses.*

ANTOINE, *sombre.*

Ça doit être les dents.

CHARLOTTE

Ou une épingle.

ANTOINE, *un peu amer.*

C'est tout de même curieux qu'elle ait choisi la
nuit, pour sentir les épingles. Le jour, pas moyen
de lui faire ouvrir l'œil, quand on aimerait bien en
profiter un peu. Elle dort, souriant aux anges. Chut!
Ne la réveillons pas. Et la nuit... *(Il crie soudain,
tapant rageusement sa tête sur son oreiller.)* La nuit
on dort, bon Dieu! Je suis crevé, moi. Dormons!
Elle finira par s'arrêter. Notre attitude ferme la
découragera. *(Ils essaient de dormir; les cris se font
de plus en plus violents. Antoine s'est dressé.)* Elle
est odieuse! Tu l'élèves n'importe comment, ta fille!
Qu'est-ce que ça va être, à quinze ans, quand elle
commencera à faire la vie pour sortir le soir! *(Il
crie au bébé.)* Assez! Couché!

CHARLOTTE

Ce sont ses dents. Va la chercher, mon chéri.

ANTOINE, *se levant en chemise, ridicule.*

Elle va voir de quel bois je me chauffe!

Il sort et revient, portant dans ses bras un petit tas de linges ou un polochon avec un bonnet et une chemise qui figure le bébé. Les cris se sont arrêtés.

ANTOINE

Plus d'épingle. Plus de dents. Le silence. Donc, ce qu'elle voulait, la garce, c'est qu'on la tienne dans les bras. Toutes les mêmes!

Il la promène un moment sous l'œil attendri de Charlotte.

CHARLOTTE

Elle s'est calmée. Va la reposer doucement dans son berceau.

Il sort avec des précautions infinies et revient sur la pointe des pieds, dans le silence. Dès qu'il a levé la jambe pour monter dans le lit, les cris reprennent. Il reste un moment, un rictus écœuré sur le visage, une jambe en l'air et sort comme un fou. Il rentre portant le tas de linge dans ses bras, sombre, dans le silence. Il marche dans la chambre et constate.

ANTOINE

Elle veut bien nous laisser dormir, à condition qu'on la promène — c'est-à-dire, qu'on ne dorme pas. La souffrance lui est insupportable, c'est le désespoir absolu, le poids total de la misère humaine sur son dos, si nous, nous dormons. Si nous ne pouvons pas dormir non plus, la vie lui paraît plus acceptable. Elle consent à ne pas hurler. C'est la passion égalitaire des Français. On leur fourre ça dans la tête, tout petits! *(Il crie soudain, rageur.)* Et si je la réveillais, moi, dans la journée? Si cela me prenait, à moi, l'envie de la promener le jour

et que je hurle devant son berceau jusqu'à ce qu'elle
se réveille?

CHARLOTTE

Tu dis n'importe quoi!

ANTOINE

Je dis n'importe quoi, parce qu'elle fait n'importe
quoi! C'est un bébé, c'est entendu, c'est toute la
faiblesse du monde, mais elle ne doit pas en abuser
elle non plus! Moi je pourrais la tremper dans l'eau
froide, la mettre la tête en bas, lui pincer le nez.
Et je ne le fais pas!

CHARLOTTE

Mais Antoine, toi, tu es grand! Si elle t'entendait
dire ces choses odieuses... Donne-la moi!

ANTOINE

Volontiers. La misère humaine me bouleverse; la
vue d'un malheureux et je suis saint Vincent de
Paul, mais je n'aime pas qu'on insiste. Et on insiste
toujours. Le malheur manque de tact.

> *Il lui passe le bébé qui se remet aussitôt à
> hurler.*

CHARLOTTE *essaie de la calmer un instant
en vain et la lui repasse.*

Non. Décidément, elle veut être avec toi.
Reprends-la!

> *Dès que le tas de chiffons est dans les bras
> d'Antoine, les cris s'arrêtent. Il constate, satis-
> fait.*

ANTOINE

J'ai tout de même une certaine influence masculine
sur elle.

CHARLOTTE, *qui le regarde, amère, vexée.*

C'est comme toutes les filles. Elle préfère son père. Ce que j'ai fait pour elle, ma vie risquée, mes seins flétris par les tétées, rien ne compte! Elle préfère son père. Hé bien, soit! Garde-la. Moi, je dors!

Elle se recouche.

ANTOINE

Ah non! Ce serait trop facile. Reprends-la et donne-lui le sein. Cela lui changera les idées. C'est ta fille après tout!

Il a remis d'autorité le tas de chiffons dans les bras de Charlotte.

CHARLOTTE, *berçant le bébé
qui s'est remis à crier, furieuse.*

Ce n'est pas la tienne, peut-être?

ANTOINE

Je l'espère. Quoique ce soit une chose dont on n'est jamais sûr!

CHARLOTTE, *sortant furieusement son sein.*

Monstre! Mufle! Goujat! Tu l'aurais mérité! C'est trop tard pour celle-là, mais tu l'aurais mérité! Bois, mon ange! C'est le lait de maman. Papa n'en a pas.

Le bébé crie et refuse le sein.

CHARLOTTE

Tu l'as montée contre moi! Elle refuse le sein de sa mère, l'ingrate!

ANTOINE, *retapant le lit et se couchant.*

Quoi qu'il en soit, moi, je suis un traditionaliste.

Je suis pour la mère au foyer. C'est elle qui élève les enfants. Moi, je défends l'entrée de la caverne, avec ma grosse massue; je vais à la chasse et je reviens le soir avec un quartier d'auroch saignant sur l'épaule pour nourrir tout le monde. Je dors!

Il tape sa tête sur son oreiller comme un guignol décidé à dormir quoi qu'il arrive. Charlotte, haineuse, s'est levée et arpente la chambre en chemise, berçant furieusement le tas de chiffons. Elle chante rageusement, tentant de couvrir les cris du bébé.

CHARLOTTE, *chantant.*

L'enfant si doux
L'enfant si mol
Fait son dodo
Do mi si do
La ré bémol
Va t'en gros loup!
Bébé s'apaise
Dans son berceau
La si ré do
Sol mi fa dièse!

Le tas de chiffons hurle de plus en plus; elle hurle aussi, le secouant abominablement.

CHARLOTTE

Tu vas te taire? Tu vas te taire? Tu vas te taire? Tiens! Va le retrouver, ton père, puisque tu l'aimes plus que moi! Tu verras comment il te fera téter, lui!

Elle a remis de force le bébé dans les bras d'Antoine surpris.

ANTOINE, *le bébé dans les bras.*

Elle crie avec moi aussi maintenant!... Tu lui as

donné de déplorables habitudes! Son éducation est fichue!

CHARLOTTE, *qui retape rageusement son oreiller.*
Berce-la. Chante. Chacun son tour. Moi, je dors!

ANTOINE, *arpentant la chambre, chante, rageur.*

> L'enfant si doux
> L'enfant si mol
> Fait son dodo
> Do mi si do
> La ré bémol
> Va t'en gros loup!
> Bébé s'apaise
> Dans son berceau
> La si ré do
> Sol mi fa dièse!

Exaspéré, il a pincé le nez de l'enfant qui se met à hurler de plus belle.

CHARLOTTE *s'est dressée, tragique.*
Qu'est-ce que tu lui as fait?

ANTOINE, *un peu penaud.*
Je lui ai pincé le nez.

CHARLOTTE
Monstre! Monstre! Monstre!

ANTOINE, *hors de lui.*
Prends-la donc, toi, puisque tu sais si bien t'y prendre! Tu es sa mère, oui ou non? Tiens, attrape!
Il lui lance le bébé.

CHARLOTTE, *indignée.*
Oh! Son enfant! Père dénaturé! Il la jette, il

la rejette! Reprends-la, ou elle va se douter de quelque chose! Elle aura des complexes!

ANTOINE, *qui tente de se recoucher.*

Tant pis! On verra plus tard! On l'enverra chez les psychiatres! Moi, je dors!

CHARLOTTE *lui relançant le bébé.*

Jamais! Attrape, monstre! C'est qu'il la laisserait tomber, l'assassin!

ANTOINE

Et si je l'avais ratée, mauvaise mère? A toi, je te dis!

Il lui relance le bébé. Ils font peut-être un échange de balles muet. Entre, soudain, Madame Prudent en camisole de nuit, cheveux épars, vision cauchemardesque. Elle s'empare du bébé hurlant, indignée.

MADAME PRUDENT

Vous n'avez pas honte?

Ils sont un peu gênés. Elle commence à mignoter le bébé, qui finit d'ailleurs par se calmer, touchante et ridicule.

MADAME PRUDENT

Ma mouche. Ma mèche. Ma miche. Mon tout petit trognon. Guili. Guili. Raton. Ratou. Miché. Michette. Qui c'est qui fait un beau sourire à sa Mamy? Qui c'est qui a son petit cucul tout mouillé et qui veut qu'on le sèche et qu'on le poudre? Qui c'est qui a fait un beau caca tout propre pour faire plaisir à ses bons parents? Ronron. Poucette. Pouçon. Mouchette. Qui c'est qui va prendre son poupouce et faire un gros petit dodo?

Elle est sortie, ridicule, les laissant là, raides.

ANTOINE *murmure*.

Quel cauchemar!

CHARLOTTE, *pincée*.

C'est ma mère.

ANTOINE

Je ne t'ai jamais dit le contraire.

> *Ils se regardent, hostiles, et refont le lit en silence. Puis ils se recouchent tous deux, se tournant aussitôt le derrière et éteignent tous deux leurs lampes, sans un mot. On entend leurs respirations alternées. Antoine soudain ronfle.*

CHARLOTTE, *aigre, dans l'ombre*.

Tu ronfles.

ANTOINE

Non. C'est toi. Pousse ton pied.

> *Ils se rendorment. Soudain une sonnerie de réveil, stridente. Ils se dressent, hagards, ne comprenant pas tout de suite ce que c'est.*

ANTOINE

Qu'est-ce que c'est? le téléphone?

CHARLOTTE

Non. C'est le réveil. Je l'avais mis à six heures.

ANTOINE *hurle*.

A six heures! Mais nous nous sommes disputés toute la nuit!

CHARLOTTE, *aigre*.

A qui la faute si nous n'avons pas dormi? Il faut se lever tout de même, c'est le mariage de

Camomille! Ton haut-de-forme et ta jaquette sont sur ta chaise. Dépêche-toi de t'habiller. Nous allons être en retard.

ANTOINE, *ahuri.*

Le mariage de Camomille? De qui se moque-t-on ici? Elle a fait ses dents?

CHARLOTTE, *qui se lève.*

Il y a belle lurette qu'elle·a fait ses dents! Elle a même eu des caries et on a dû lui en mettre deux en or, l'hiver dernier. A onze heures, elle épouse Gérard Courtepointe. Les intimes seront là dès dix heures. Nous ne serons jamais prêts! Allez vite, douche-toi, rase-toi. Tout est préparé sur la chaise.

Elle est passée derrière le paravent emportant ses affaires.
Resté seul, Antoine met longtemps à comprendre. Il regarde fixement son haut-de-forme comme si toute la clef de l'énigme était là. Finalement il se lève, prend le chapeau, le pose sur sa tête et se regarde en chemise, dans la glace.

ANTOINE

Il me va encore. Je n'ai pas grossi de la tête; il y aurait pourtant eu de quoi!... C'est moi, le jour de mes noces, un peu fripé. Et dans six mois, grand-père!... Qu'est-ce qui s'est donc passé?

Il a ramassé ses affaires et il est sorti perplexe. Aussitôt Camomille surgit en robe de mariée avec deux couturières occupées à lui ajuster sa robe. Elle est immobile au milieu de la scène. Les deux femmes accroupies travaillent en silence, un instant puis l'une d'elles dit.

LA COUTURIÈRE

Là! On y aura passé la nuit, mais vous serez la plus belle, Mademoiselle Camomille!

CAMOMILLE, *elle est très jeune, très jolie et porte des lunettes d'écaille, charmantes sur son visage d'enfant.*

Le jour de mon mariage, il faut bien. Qu'au moins ce jour-là, mon mari n'ait pas envie d'une autre!

LA COUTURIÈRE

La jeunesse aime plaisanter! *(Elle commence accroupie, tendant les plis.)* Moi — quand je ne me suis pas mariée... Oui, j'ai suivi un dragon, un coup de tête, au moment du changement de garnison — ce n'est pas sur ma virginité que j'ai pleuré, c'est sur ma robe! Le mariage, ma petite, c'est la robe. Après, évidemment, on a le mari! *(Elle travaille encore un peu, en silence, et soupire.)* Cinquante-sept heures de travail, rien que pour les petits plis-plis!

CAMOMILLE, *lointaine.*

Juste pour un jour. Même pas le temps de les froisser.

LA COUTURIÈRE

Oui, mais cela fait un souvenir! Et c'est pour ça que le mariage, ça reste tout de même une date dans la vie. Allez, viens Léontine, on va chercher notre voile et nos fleurs d'oranger...

Elles sont sorties. Antoine entre en jaquette et en haut-de-forme, très gai.

ANTOINE

Poum! Poum! Poum! Ta robe est ravissante! Comment trouves-tu ma jaquette? Tout va bien?

CAMOMILLE, *immobile comme une petite idole au milieu de la scène.*

Tout va bien, papa. J'ai quinze ans, je suis enceinte et j'épouse dans une heure Gérard Courtepointe que je n'aime pas... A part cela, tout va bien. Ma robe est merveilleuse et tu as été très généreux. Tu as vu ma traîne? Six mètres, cela fera une très jolie photo dans les journaux.

ANTOINE, *démonté.*

Qu'est-ce que tu veux dire, ma petite?

CAMOMILLE

Ça, exactement, papa. Pas plus.

ANTOINE

Il est encore temps de dire non, si tu crois que tu fais une bêtise? La mairie, cela s'arrange.

CAMOMILLE

Et l'enfant?

ANTOINE

Nous l'élèverons Je dirai qu'il est de moi.

CAMOMILLE

Non, papa. Ce serait une bonne situation de théâtre si tu te décidais enfin à faire franchement des vaudevilles, comme ton vrai talent t'y portait... Mais ce serait un mauvais calcul, car je me suis donnée à Gérard Courtepointe, précisément pour être enceinte, l'obliger à m'épouser et pouvoir enfin m'en aller d'ici.

ANTOINE, *sourdement après un temps.*

Tu n'étais pas heureuse avec nous?

CAMOMILLE

Non.

ANTOINE

Pourquoi?

CAMOMILLE

Parce que vous n'étiez pas heureux. Les disputes, les crises de nerfs, les cris.

ANTOINE

C'est partout pareil!

CAMOMILLE

Chez les Courtepointe, ils ont l'air calme.

ANTOINE, *démonté*.

Ainsi, tu avoues, le jour même de ton mariage, que tu épouses ce garçon pour...

CAMOMILLE, *calme*.

Pour changer de crémerie, papa.

ANTOINE, *vexé*.

Tu as de ces expressions! On a pourtant dépensé assez d'argent pour t'élever!

CAMOMILLE

La jeunesse, de nos jours, est mal embouchée. Tout mon pensionnat, pourtant si élégant et si dispendieux, se traitait de connasse au moindre incident. C'est peut-être parce que la jeunesse appelle les choses par leur nom. Ce que vous n'avez jamais eu le courage de faire, vous. Vous devriez y songer, il est peut-être encore temps.

ANTOINE, *se montant*, *bêtement*.

Ainsi, j'arrive dans ta chambre, le matin de tes

noces, en haut-de-forme et la bouche en cœur, pour te donner les derniers conseils, et c'est toi qui vas m'en donner? Tu en sais plus long que ton père, peut-être?

CAMOMILLE, *sans la moindre insolence.*

Un peu, papa! Mais je ne veux pas t'accabler. Tu crois que je me suis trop fait les yeux?

ANTOINE, *qui marche, agacé.*

A partir du moment où on se les fait, autant se les faire bien! Mais si tu es émue et que tu pleures...

CAMOMILLE, *froide.*

N'aie pas peur. Je ne pleurerai pas. J'aurai plutôt envie de rire.

> *Un silence. Antoine marche. Il s'arrête soudain, vaguement honteux.*

ANTOINE

Tu vas me dire, toi aussi, que c'est de ma faute? *(Camomille ne répond pas. Il hurle soudain hors de lui.)* Tout est de ma faute, alors, depuis toujours? Le traité de Versailles, j'étais plénipotentiaire — Munich, j'aurais dû y penser un peu plus sérieusement — Grouchy, c'est moi qui l'ai mis en retard à Waterloo en lui racontant des anecdotes — et la Genèse — tu te rappelles, du temps que je portais la barbe? — c'était encore moi? La condition humaine, j'aurais tout de même pu la prévoir autrement?

CAMOMILLE, *calme.*

C'est de toi?

ANTOINE, *démonté.*

Quoi?

CAMOMILLE

Ce que tu viens de dire.

ANTOINE, *modeste*.

Je l'espère. On ne sait jamais. J'ai le plagiat inconscient.

CAMOMILLE, *dure*.

Tu mettras ça dans ta prochaine pièce, tu feras sûrement beaucoup rire, papa.

Il y a un silence bizarre. Antoine dit soudain.

ANTOINE, *doucement*.

Je te prenais par la main, je t'emmenais des journées entières avec moi. J'étais le capitaine et je t'avais appelée le soldat myope. Tu marchais au pas, pour rire. On disait à ta mère et à ta grand-mère qu'on allait cueillir des fleurs dans la forêt; en réalité, on cherchait des crottes de chien, on en faisait de beaux petits paquets avec du papier de confiseur et une faveur et on regardait les gens les ramasser dans la rue, cachés derrière un arbre.

CAMOMILLE, *fermée*.

Oui. On s'est bien amusés tous les deux quand j'avais six ans.

ANTOINE, *sourdement*.

Après tu t'es renfermée dans toi-même.

CAMOMILLE

Tout valsait dans la maison. Un cyclone. Il fallait bien que je me mette quelque part.

ANTOINE

J'étais odieux, c'est vrai, mais ta mère aussi était exaspérante! Tu devrais en convenir!

CAMOMILLE

Oui, mais moi, je n'en pouvais plus de faire mon choix. Cela me tordait mes petites tripes, mon petit papa. Alors j'ai choisi : Gérard Courtepointe, 1 m 80, un beau nez droit, des yeux à la fois profonds et vides, trois usines — et des parents comme dans une chronique du *Figaro*. C'est fait. Ce n'est pas plus triste qu'autre chose et il ne faut plus en reparler. Qu'est-ce qu'elle fait cette couturière?

ANTOINE, *sourdement, malheureux soudain.*

Je te portais sur ma nuque, en rentrant, des kilomètres; je sentais tes petites cuisses tièdes, ton poids léger, et pourtant tu commençais à être lourde... J'étais l'éléphant de la Reine de Saba et tu cueillais des feuilles au passage, dans les arbres, pour chasser les mouches de ma trompe...

CAMOMILLE, *calme.*

Cela devait être bien fatigant. Tu vas pouvoir me reposer à terre.

> *Les couturières entrent rapidement suivies de Charlotte en dame, fourreau de satin, immense chapeau.*

LA COUTURIÈRE

Voilà le voile et les fleurs d'oranger! Vous allez être belle comme un ange, Mademoiselle Camomille!

CHARLOTTE, *aigre.*

Naturellement tu t'es trompé dans les adresses! Les Chevillard n'ont pas eu leur faire-part (Maria-Magdelèna vient de me donner un coup de fil aigre-doux) et les Ravachol, que moi je ne voulais même pas inviter, en ont eu deux! Quant à ton maître d'hôtel, il vient d'arriver avec un panari au pouce! C'est ça, ta fameuse Maison Chauvin?

Le lunch va être un désastre, je le sens! Les fleurs pour la décoration sont à peine fraîches, il faudra prendre celles des invités, qui les reconnaîtront en ricanant dans les vases!... Et ton loueur de voitures nous annonce, ce matin même, par téléphone, qu'il ne faudra pas compter sur la Cadillac! Nous marierons notre fille en Chevrolet! Tu t'allies aux Courtepointe, qui sont des snobs; tu es, paraît-il, un auteur dramatique connu, tu invites le Tout-Paris et tu vas tout juste te révéler capable d'organiser une noce de province! Et tu es là, tranquille, hilare, indifférent, éternellement déchargé de tout! *(Elle le regarde, soudain étonnée, qui se courbe lentement à mesure qu'elle parle. Elle s'écrie.)* Qu'est-ce que tu fais? Ton haut-de-forme va tomber. Tu ne te sens pas bien?

ANTOINE, *calme et courbé.*

Je me sens parfaitement bien.

CHARLOTTE

Mais... tu boites maintenant?

ANTOINE

A peine.

> *Un klaxon distingué dehors. Charlotte s'est précipitée à la fenêtre, elle pousse un cri déchirant.*

CHARLOTTE

Mon Dieu, la première voiture! Ce sont les Pépin de Montmachou! Et ils ont emmené la grand-mère! *(Elle glapit, la main à son cœur, au bord de la défaillance.)* La comtesse douairière de Montmachou, née Dreyfus, est chez nous, et nous ne sommes même pas prêts! *(Elle hurle, courant comme une folle dans la pièce.)* Mes gants! Mes gants! Mes gants! Où ai-je posé mes gants? Je ne peux pas les accueillir sans gants!

ANTOINE, *rectifiant noblement sa position*
tout en restant légèrement bossu.

Je ferai mon devoir de père jusqu'au bout. J'irai
accueillir, en personne, la comtesse douairière de
Montmachou, née Dreyfus!

CHARLOTTE, *pendant ce temps,*
hurle, luttant avec ses longs gants
qu'elle a enfin retrouvés.

Et ces gants! Ces gants! Je n'entrerai jamais
dans ces gants. C'est encore de ta faute. Tu me
les as fait prendre trop petits. Je ne devrais jamais
t'écouter! *(Elle brame, luttant, ne sachant plus ce*
qu'elle dit.) Il faudrait du talc! Il faudrait un maître
d'hôtel convenable! Il faudrait une Cadillac! Il
faudrait un médecin! Je vais avoir une crise de
nerfs!

Adèle surgit en trombe, endimanchée pour la
cérémonie, porteuse d'une nouvelle tragique.

ADÈLE

Monsieur, c'est encore Monsieur La Surette! Il
a l'air hors de lui. Il est habillé en clochard; j'ai
cru que c'était un des éboueux! Il fait demander
à Monsieur pourquoi Monsieur ne l'a pas invité.
Il va encore faire une scène à Monsieur. Le jour
du mariage de sa fille!

ANTOINE *a un sourire suave, un geste.*

C'est la moindre des choses!

ADÈLE

Vous ne voulez pas que j'appelle mon fiancé,
qui est venu aider à la plonge? C'est un costaud,
mon fiancé, il est pompier. Et, à lui, Monsieur
La Surette ne pourra pas lui faire le coup de la
misère — c'est un enfant de l'Assistance : il en a

bavé dix fois plus que lui. *(Elle crie, soudain hors d'elle.)* C'est vrai. Ça me fait de la peine de voir Monsieur toujours tourmenté par tout le monde! Tout n'est pas toujours la faute de Monsieur, bon Dieu, merde!

CHARLOTTE, *toujours luttant, blême,*
avec ses gants, glapit.

Adèle! Où vous croyez-vous? A la cuisine!

ANTOINE

Mais non. Tu l'entends bien : au salon. *(Il a pris Adèle dans ses bras.)* Toi, tu es gentille et pour finir c'est ce qu'il y a de plus rare.

CHARLOTTE *hurle à la fenêtre.*

Les Pépin de Montmachou sont entrés! Le valet et le chauffeur transportent, à bras, la comtesse douairière paralysée et nous ne sommes pas en bas! Nous sommes coulés à Paris! Qu'est-ce que tu fais, monstre, au lieu de descendre? C'est urgent!

ANTOINE

Quelque chose d'encore plus urgent! J'embrasse la bonne!

ADÈLE, *rosissante.*

Oh, Monsieur! Devant Madame?

ANTOINE, *soudain redressé,*
hurle, gaillard.

Oui! Sur les deux joues! Devant tout le monde!

CHARLOTTE, *hors d'elle, dans une suprême*
contorsion pour vaincre son gant.

Le jour du mariage de sa fille! Dans la maison familiale! C'est le goût du vice!

ANTOINE, *simplement.*

Non, de l'eau fraîche.

> *Charlotte, qui luttait encore avec ses gants,*
> *tordue par l'effort, accroupie sur le lit, pousse*
> *soudain un hurlement épouvantable, son gant*
> *déchiré de haut en bas.*

CHARLOTTE

Ça y est, ils ont craqué! Tu es content? C'est à ça
que tu voulais en venir, sadique?

> *Elle s'écroule, sanglotante. Antoine a un*
> *geste fataliste et sort tandis que Camomille,*
> *petite idole restée impassible au milieu de la*
> *scène, lui lance, dure, sous son voile enfin ajusté.*

CAMOMILLE

On aura bien rigolé, hein papa, le jour de mon
mariage?

> *Le noir soudain. La lumière revient, blafarde.*
> *Le lit a disparu. Il n'y a plus en scène qu'une*
> *petite table, derrière elle le bossu assis, un*
> *crayon à la main, des dossiers devant lui sur*
> *la table. Il est en train d'interroger Antoine*
> *assis devant lui. Plus loin une autre petite table*
> *où, de dos, un personnage qu'on ne reconnaît pas,*
> *vêtu d'un vague battle-dress, tape à la machine.*
> *Le bossu et cet homme ont de vagues brassards*
> *tricolores. On entend d'abord la machine, puis*
> *quand elle s'arrête le bossu reprend, continuant*
> *son interrogatoire.*

LE BOSSU

En vérité, vous ne preniez rien au sérieux?

ANTOINE

Je m'efforçais de le faire, lorsque je sentais

quelque chose de sérieux. Mais l'abominable sérieux
de mes contemporains particulièrement de ceux
qui se disaient progressistes — le talmudisme scru-
puleux où les plongeait le moindre réflexe naturel
de l'homme; leurs hautes méditations sur la condition humaine, pour le moindre pet en travers
— m'avaient en effet amené, par réaction, à prendre
légèrement les choses, et à les tourner parfois en
dérision... Avec une gaillardise affectée et un certain
mauvais goût, je le reconnais.

LE BOSSU, *notant gravement.*

C'est un état d'esprit dont il vous faudra rendre
compte.

> *Il y a un silence. On n'entend plus que la
> machine qui achève de transcrire la réponse
> d'Antoine.*

ANTOINE

Mais de quoi suis-je accusé, au juste?

LE BOSSU

D'avoir mal pensé, d'avoir mal vécu.

ANTOINE

Et on est condamné pour ça?

LE BOSSU

Le nouveau code prévoit que la légèreté sera
passible de la peine capitale. Je suis chargé d'établir
votre dossier et de relever les charges qui pèsent
contre vous. Reprenons. Vous avez donc été marié?

ANTOINE

Oui.

LE BOSSU

Plusieurs fois?

ANTOINE

Non. Une seule fois. J'ai eu des liaisons, une
d'elles très longue, au début de ma vie, — mais
marié une seule fois.

LE BOSSU

Par conviction religieuse?

ANTOINE

Non. Mais il se trouve que nos idées — à Dieu
et à moi — coïncidaient sur ce point.

LE BOSSU

Des enfants?

ANTOINE

Oui. Deux.

LE BOSSU, *qui compulse ses dossiers.*

Camomille, quinze ans. Toto, huit ans. Votre fille
vient de se marier. Un mariage bien hâtif. Quelle
en est la raison exacte?

ANTOINE, *après une courte hésitation.*

Elle était enceinte.

LE BOSSU

Ce détail figurait au dossier médical, mais je voulais vous le faire dire. Les aventures prématurées
sont toujours le fait d'enfants délaissés, recherchant
une tendresse illusoire dont ils étaient sevrés à la
maison.

ANTOINE, *sourdement.*

J'aimais tendrement ma petite fille.

LE BOSSU

Tendrement et légèrement sans doute. *(Il reprend*

ses dossiers.) Toto, huit ans. Déplorables notes en classe. A dû redoubler deux fois.

ANTOINE

C'est un garçon très intelligent mais qui ne croit pas utile de faire usage de cette faculté à l'école.

LE BOSSU

C'est ce que disent toujours les parents. *(Il regarde une note dans son dossier.)* Dyslexie. Vous l'aidez à faire ses devoirs?

ANTOINE

Je n'ai pas toujours le temps. J'ai les miens.

LE BOSSU

L'essentiel du travail se fait à la maison. Le meilleur éducateur, c'est le père.

ANTOINE

J'avais pensé que puisqu'on avait inventé les écoles et qu'on les y gardait huit heures par jour...

LE BOSSU

Dernier bulletin, souligné en rouge : « Toto ne sait rien. »

> *Il vient lui mettre le bulletin sous le nez, sévère. Antoine, vaguement angoissé, balbutie.*

ANTOINE

J'ai payé très cher dans cet établissement privé, très réputé sur la Rive Gauche, pour qu'on lui apprenne quelque chose. C'est peut-être eux qui n'ont pas réussi. On n'envisage jamais cette hypothèse

LE BOSSU, *glacial,*
tandis que la machine du greffier fonctionne.

Je vous conseille de surveiller le ton de vos
réponses. Elles sont toutes consignées. Votre dossier d'enfant, que nous avons constitué, pour le
comparer à celui de votre fils, n'est guère plus brillant. Qu'est-ce que c'est que cette histoire de poissons rouges?

ANTOINE, *étonné.*

Vous savez ça?

LE BOSSU

Nous savons tout.

ANTOINE

C'est un détail qui m'a poursuivi toute ma vie.
J'avais huit ans, l'âge de Toto. Un jour j'ai pissé
dans un bocal de poissons rouges appartenant à ma
grand-mère.

LE BOSSU

Pourquoi?

ANTOINE

Parce que cela me faisait envie sans doute.

LE BOSSU

Vous n'avez pas d'autre explication à donner?

ANTOINE

Non. Elle me paraît suffisante.

> *Le bossu le regarde en silence. On entend la*
> *machine du greffier.*

LE BOSSU, *froidement, la machine arrêtée.*

Votre réponse vient d'être notée. Elle pèsera lourd

sur votre cas. Ainsi, Monsieur de Saint-Flour, vous
croyez l'homme libre?

ANTOINE

Absolument.

> *On entend la machine, brève; le bossu dit
> simplement.*

LE BOSSU

Cette réponse aussi vient d'être notée.

ANTOINE *demande,*
vaguement angoissé soudain.

Alors, tout ce que je dis a de l'importance?

LE BOSSU

Oui.

ANTOINE, *confus.*

On aurait dû m'avertir tout petit : j'ai toujours
dit n'importe quoi!

LE BOSSU, *calme.*

Cela a été votre tort. Dans la société nouvelle
qui s'organise lentement — et dont la libération de
la France du joug odieux de Vichy ne marque que
le premier pas — il faudra que, vous et vos sem-
blables, vous perdiez cette très ancienne habitude
de parler légèrement — de penser légèrement — de
tout. Vous descendez de gentilshommes, je crois?

ANTOINE

Très modestes.

LE BOSSU, *avec un ricanement méprisant.*

Même les plus modestes gentilshommes — et ils
se reconnaissaient volontiers entre eux à ce détail,

à ce qu'ils appelaient, dans leur imbécile vanité,
« un petit je ne sais quoi » — avaient une façon à
eux de danser leur vie, se ruinant pour une fête,
risquant leur peau pour un joli geste ou un bon
mot, affectant de n'attribuer de l'importance qu'à
des chimères, comme l'élégance et l'honneur... Ce
style de vie, aux idées courtes, a, Dieu merci, été
balayé par les gens sérieux de 89 qui, eux, pensaient
— et avaient compris que la vie n'est pas un jeu...
Et ce qui reste, inexplicablement, depuis si longtemps qu'elle est décimée, de la vieille race dansante, de la vieille race française légère, notre devoir,
à nous qui voulons refaire une France sérieuse, est
de l'extirper impitoyablement. Je ne vous ai pas
posé de questions sur vos idées politiques, que j'imagine enfantines et d'un autre âge. *(Il demande agressif.)* Vous votiez?

ANTOINE, *gentiment.*

J'avais voté pour la dernière fois en 987, pour
l'élection d'Hugues Capet — depuis je m'étais abs-
tenu.

LE BOSSU, *glacial.*

Très drôle. Pourquoi?

ANTOINE

J'avais un oncle qui s'éclairait à la bougie : il
avait refusé de faire installer l'électricité chez lui.
Il disait qu'il ne céderait pas tant qu'il n'aurait pas
compris le principe. C'est pour des raisons de cet
ordre que j'avais refusé de tenir mon rôle — à vrai
dire modeste — dans le suffrage universel.

LE BOSSU, *agressif soudain.*

Monsieur, je ne suis pas là pour écouter vos badi-
nages. Nous ne sommes ni dans un café ni dans un
salon!

ANTOINE

Excusez-moi. Vous m'aviez posé une question.

LE BOSSU

L'accusation dont vous êtes l'objet se situe d'ailleurs au-delà de la politique. Vous remarquerez que c'est sur votre vie privée que je vous ai surtout interrogé. Je ne vous demanderai même pas pourquoi vous avez fait jouer vos pièces — comme beaucoup de vos confrères, et non des moindres, qui ont pourtant laissé un grand nom dans la Résistance — durant l'occupation. Là n'est pas mon véritable propos. Notre vraie guerre, notre guerre secrète, ne concernait qu'accessoirement les Allemands. C'est à une autre race que nous la faisions : la race qui a nourri depuis toujours notre vraie haine de Jacobins. Si nous n'en avons pas fini d'avaler la couleuvre, nous, les arrière-arrière-arrière petits-fils devenus les maîtres; si nous tremblons encore de rage dans nos hebdomadaires bien pensants, quand vous vous permettez une ultime pirouette, une ultime légèreté; si notre joue rougit encore de la vieille gifle, c'est à votre insolente vieille race à demi éteinte que nous le devons. Vous avez beau ne plus exister, nous vous haïssons encore!

ANTOINE, *saluant comiquement
comme à Versailles.*

Monsieur, vous nous comblez! Je nous croyais oubliés.

LE BOSSU *glapit.*

Non, Monsieur! Il y a des coups de pied au cul qui ne se perdent pas! Et ceux que vous nous avez donnés pendant près de mille ans, nous font sauter encore.

ANTOINE, *qui s'amuse soudain, franchement éclate de rire.*

Vous oubliez une seule chose, c'est que les coups de pieds au cul, ce n'est plus nous qui les donnons!

Le bossu glapit, gesticulant, postillonnant, haineux, se montant peu à peu, tournant autour d'Antoine comme un vieil oiseau furieux.

LE BOSSU

Riez, riez, beaux messieurs! Riez jusque sur l'échafaud, pour nous narguer. Bientôt vous apprendrez, enfin, à être sérieux, et à faire vos comptes, vous aussi. Vous serez sérieux comme la mort! Sérieux comme les douze balles qui vous feront éclater les poumons! Ah, nous sommes emmerdants? Ah, nous sommes des cuistres, des ratiocineurs, avec nos grands mots vides? Ah, nous n'avons pas la grâce et nous ne savons pas tout prendre en riant, comme vous? Ah, nous avons des bosses? Hé bien, nous allons vous faire un monde où tout le monde sera bossu! Vous entendez? Bossus, bossus, bossus — tous bossus! Tous bossus! Tous bossus!

Il s'est écroulé sur son bureau; il a presque une crise de nerfs. Il tire des comprimés de sa poche, haletant, et les avale avec une gorgée d'eau. Il est affalé sur la table, secoué de mouvements nerveux. Antoine s'est levé, désolé.

ANTOINE

Ça ne va pas, mon vieux?

LE BOSSU, *péniblement.*

Pas très bien. Cela va passer. Je souffre parfois de malaises.

ANTOINE, *l'aidant.*

Vous pourriez peut-être vous étendre un peu?

(Il ajoute inconsidérément.) Sur le côté... *(Il s'aperçoit qu'il a encore fait une gaffe, navré.)* Oh, excusez-
moi! Je suis un impardonnable gaffeur... Je voulais
dire...

> *Mais le bossu ne l'entend plus. Il s'est écroulé
> dans ses bras, inanimé.*

ANTOINE

Allons bon! Voilà mon juge dans les pommes!
Juste au moment où la conversation devenait inté-
ressante. *(Il appelle.)* Aidez-moi donc, greffier! C'est
qu'il est lourd, l'animal! Je ne sais pas ce qu'il a
dans sa bosse...

> *Le greffier se retourne et s'approche : c'est
> La Surette.*

ANTOINE, *médusé.*

Comment, c'est toi?

LA SURETTE

Oui. C'est moi.

ANTOINE

Avec ce brassard? Dans leurs bonnes grâces? Mais
je croyais qu'ils t'avaient condamné à mort?

LA SURETTE, *fermé.*

Je jouais double jeu avec les Allemands. J'ai
rendu les plus grands services à la bonne cause et
ça s'est trouvé reconnu. Maintenant je suis de la
Résistance. Et j'y ai même le bras long, si tu veux
le savoir.

ANTOINE

Hé bien, si tu as le bras long, aide-moi à étendre
commodément ce pauvre bougre... Soulève-lui la
tête avec quelque chose... *(Il demande soudain, pen-*

dant qu'ils étendent le bossu.) Et mes quatre cent mille francs pour passer en Argentine?

LA SURETTE, *hostile.*

Il faut bien vivre, non? Tu crois peut-être qu'on est payés pour faire le boulot qu'on fait? C'est gratuit, le patriotisme, salopard.

ANTOINE *lève un doigt, badin.*

Je te ferai simplement remarquer que je suis en tenue de mariage et que, comme j'ai marié Camomille en 1960, nous ne pouvons pas être en 1944!

LA SURETTE

Oh, écrase avec tes dates! Ce n'est pas avec des subtilités sur la relativité de l'ordre chronologique que tu t'en tireras, cette fois. Ton compte est bon, mon vieux, et ce n'est pas trop tôt.

LE BOSSU *lève une main exsangue;*
il murmure, inquiet,
cherchant Antoine des yeux.

Monsieur de Saint-Flour...

ANTOINE

Oui, je suis là. Ne craignez rien.

LE BOSSU, *rassuré, murmure péniblement.*

Ah, vous êtes là! *(Il ajoute sourdement.)* Je vous hais.

ANTOINE

Oui. Restez calme. La crise va certainement passer.

LE BOSSU

Je suis médecin. Elles sont de plus en plus fréquentes. Je sais que je suis perdu.

ANTOINE, *gentil*.

Il ne faut jamais dire ça. La science est incertaine et l'homme est increvable, quand il le veut. On ne peut pas vous faire une piqûre qui vous soulagerait?

LE BOSSU, *avec effort*.

Dans ma serviette, par terre, au pied de la table. Il y a deux ampoules dans la poche intérieure, de l'alcool et une seringue stérilisée... Demandez au greffier de voir s'il peut trouver un infirmier... Mais donnez-moi votre parole d'honneur de ne pas en profiter pour vous sauver... *(Il demande, soudain minable.)* Cela compte pour vous, j'espère, l'honneur?

ANTOINE, *gentiment*.

Je m'y efforce et c'est pourquoi j'aime autant ne pas vous donner ma parole. Il faut se mettre un peu à ma place, aussi! Mais, si vous voulez, je peux vous faire moi-même la piqûre dont vous avez besoin. Le greffier va vous déculotter et je vous expédierai ça rondement.

LE BOSSU *demande, inquiet*.

Vous les faites bien? Je suis très douillet.

ANTOINE

N'ayez crainte. J'ai piqué le derrière de la plupart de mes amis et ils en redemandent. *(A La Surette.)* Déculotte-le!

La Surette, maussade, s'avance vers le bossu.

LE BOSSU *gémit pendant que*
La Surette le déculotte.

Dans ce bureau! Sous la Croix de Lorraine! Sur le plancher, le derrière nu! Et je suis commissaire du gouvernement!

ANTOINE, *lui frottant la fesse*
de son coton, gentil.

Bah! Il y a des moments où un derrière en vaut
un autre, cher Monsieur!... Allons, détendez-vous.
Relâchez le muscle fessier. *(Il le pique.)* Là! C'est
fini. Pas de bobo?

LE BOSSU, *sourdement.*

Non. Je vous hais.

ANTOINE, *le recouvrant.*

Oui. Mais ne vous agitez surtout pas. L'essentiel
est que je ne vous ai pas fait de mal. Vous êtes le
premier derrière de gauche que je pique.

LE BOSSU, *mystérieusement.*

Vous m'avez toujours fait mal... Je souffre
depuis que je suis tout petit. Je n'ai jamais cessé
de souffrir. J'étais un petit garçon pauvre...

ANTOINE, *doucement.*

Toutes les enfances sont difficiles. Les petits
garçons riches sont la plupart du temps abandonnés
et paient très cher le privilège d'avoir une gouver-
nante. J'en ai bavé aussi.

LE BOSSU

J'avais ma bosse et ma mère était domestique
au château... J'ai vécu de haine et de mépris, jusqu'à
ce que je devienne assez intelligent pour dominer
les autres par les ressources de mon esprit. *(Il
crie soudain.)* Je suis très intelligent! J'aurais pu
être critique dramatique, si le sort m'avait fait
vivre à Paris!

ANTOINE, *gentiment.*

Oui. Vous me l'aviez déjà dit. Ne vous excitez

pas inutilement. Rien n'est perdu. C'est une carrière qui est toujours ouverte, à n'importe qui. La piqûre commence à agir. Votre pouls est meilleur et, avec un peu de chance, vous allez peut-être vous assoupir.

LE BOSSU, *angoissé.*

Vous n'allez pas en profiter pour sauter par la fenêtre?

ANTOINE

Il y a le greffier qui est armé, à côté de nous, et des plantons dans la cour. Détendez-vous donc.

LE BOSSU *répète, à demi engourdi.*

Oui. Il y a le greffier qui est armé et des plantons dans la cour... Nous reprendrons notre interrogatoire tout à l'heure... Il faut être impitoyable... Il faut nettoyer. C'est notre devoir. J'ai repoussé courageusement toute tentation d'être humain... Mais j'ai malheureusement ce cœur, qui me lâche toujours...

ANTOINE *a un sourire.*

C'est un organe qui nous joue toujours des tours. J'en sais quelque chose...

> *Un temps. Le bossu s'est assoupi, Antoine lui tenant toujours le pouls. Il repose tout doucement la main du bossu sur sa poitrine et se relève.*

ANTOINE

Là. La main sur le cœur. Il est socialiste, il a l'habitude. *(Il s'est retourné souriant vers La Surette.)* Les voies de la Providence sont impénétrables! Le bossu s'est endormi et, comme il fait trop chaud à l'heure du déjeuner, il n'y a pas la queue d'un planton dans la cour. Ils ronflent à l'intérieur. Je vais sauter par la fenêtre.

LA SURETTE, *doucement*.

Non.

ANTOINE *le regarde*.

La Surette, aujourd'hui, c'est moi le condamné à mort.

LA SURETTE, *la main sur sa mitraillette*.

Tentative d'évasion. Si tu fais un pas, je te descends.

ANTOINE *le regarde et dit simplement*.

Pauvre diable.

Il y a un instant de silence bizarre et La Surette hurle soudain, tordu de haine.

LA SURETTE

Tu as eu pitié de moi, hein, tu as eu pitié de moi depuis que je suis tout petit? C'est pour ça que tu me gardais près de toi?

ANTOINE

Oui.

LA SURETTE

Ordure! Même quand je te roulais, même quand je te crachais dessus?

ANTOINE, *simplement*.

Oui, j'ai une infirmité, sous mon insolence, tu ne t'en es pas aperçu? Les misérables m'empêchent de dormir.

LA SURETTE, *suant de haine, murmure*.

«Donne-lui tout de même à boire, dit mon père...»

ANTOINE

Oui. Nous avons appris ça ensemble à douze ans,
à l'école — et nous avions tort de rigoler... Brave
père Hugo!... Pas toujours très intelligent mais
généreux quoi qu'il arrive. Il en avait fait son métier.
Cela dit, La Surette, je saute!

> *Il a pris une fleur dans un petit vase sur le*
> *bureau du bossu. Il la passe à sa boutonnière,*
> *léger.*

En haut-de-forme et en jaquette, je me mêle
à la première noce que je rencontre — on me
prendra pour un cousin inconnu des deux côtés —
et ce soir, j'aurai quitté ce pays malsain.

LA SURETTE, *qui le regarde, l'œil froid.*

Fais le rigolo comme d'habitude. Je faisais
semblant de rire, par servilité, parce que c'était
toi qui payais les bocks : mais moi, tu ne m'as
jamais fait marrer. Et cette fois tu ne t'en tireras
pas en faisant le clown. Si tu fais un pas je tire.
Je suis un patriote.

ANTOINE, *badin.*

Ne te fais pas plus noir que tu n'es!

LA SURETTE *crie soudain, tordu de haine.*

Et si tu veux le savoir, en plus, j'ai couché avec
ta mère à seize ans! Elle couchait avec tout le monde,
c'est entendu, et elle m'a renvoyé le lendemain,
comme un malpropre... Ça aussi, je l'ai sur la patate
et je voulais que tu partages avec moi, in extremis!

> ANTOINE *est devenu tout pâle, il va*
> *à lui, lève le poing, puis se contient*
> *et murmure.*

Petit saligaud. Autrefois on vous appelait la
canaille.

*Puis il se dirige calmement vers la fenêtre.
La Surette, les yeux hors de la tête, vide le
chargeur de sa mitraillette sur lui en hurlant.*

LA SURETTE

Ah, ça fait du bien! Ça fait du bien! Ça fait du bien!
Vive la France!

*Antoine semble être touché puis, réflexion
faite, il se redresse et lui dit gentiment.*

ANTOINE

Mais c'est absurde. C'est absurde! J'ai marié
ma fille en 1960. Tu ne peux pas m'avoir tué en 1944,
imbécile!

*Le noir soudain. On entend une fanfare dans
le noir. D'abord éclatante puis qui va en s'éloi-
gnant. Quand la lumière revient, la scène est
entièrement vide; le plateau nu est plein d'ombre.
Antoine est à vélo dans son costume de flanelle à
raies, en canotier; près de lui, sur un petit vélo,
Toto. Ils pédalent côte à côte. On entend la
musique de la retraite très vaguement au loin.*

TOTO, *pédalant.*

Je veux voir la retraite aux flambeaux!

ANTOINE

Ne répète donc pas ça tout le temps! Tu vois
bien qu'on la cherche. Mais il y a tellement de
petits chemins creux dans la presqu'île, c'est
très difficile de les retrouver. Écoute! *(Ils écoutent,
cessant de pédaler.)* Non. C'est le vent.

TOTO, *buté.*

C'est pas le vent, c'est les trombones! Tu dis
ça pour me décider à rentrer

Ils écoutent encore.

ANTOINE, *qui scrute la nuit.*

Ils doivent être du côté du Pouldu. Il me semble que je vois une lueur là-bas. Allons-y!

Ils se remettent à pédaler.

ANTOINE

Me faire faire vingt kilomètres dans la nuit, avec mon phare qui ne fonctionne pas, pour voir passer une douzaine de crétins avec des lampions! Ah! c'est bien parce que c'est toi! Ta mère me dirait encore que je suis trop faible.

TOTO, *buté.*

Tu n'as pas le droit de m'en priver! C'est la fête nationale.

ANTOINE

Pour eux, peut-être... Et encore, depuis 1880! Mais pas pour moi, je te l'ai déjà dit.

TOTO

C'est honteux de ne pas avoir voulu mettre de drapeaux aux fenêtres. Pourquoi tu n'es pas comme les autres?

ANTOINE

Tu es trop petit, je t'expliquerai.

Ils pédalent un instant en silence.

TOTO *demande soudain.*

C'est quoi, le 14 juillet? C'est la Libération?

ANTOINE, *découragé.*

Toto! Ce n'est pas dans mes idées, mais tout de même! C'est la prise de la Bastille.

TOTO

Par les Anglais?

ANTOINE

Tu es décourageant! Pourquoi ne fais-tu rien à l'école?

TOTO

Pour être près du radiateur.

ANTOINE

Et en été?

TOTO

On n'a plus le droit de changer de place.

ANTOINE

Tu es décourageant. *(Un temps. Il demande.)* Tu crois que je ne t'aide pas assez à tes devoirs?

TOTO

Tu n'as pas le temps. Tu écris tes pièces

ANTOINE, *doucement, un peu gêné.*

Pas tout le temps. Et puis, mes pièces... C'est comme si je jouais aux billes, tu sais... *(Un temps encore. Il demande, pédalant.)* Ça va mieux, avec ta maman et ta grand-mère?

TOTO, *buté.*

Non. Elles comprennent rien.

ANTOINE, *sans conviction.*

Il ne faut pas dire ça, Toto.

TOTO

Tu le dis tout le temps, toi.

ANTOINE, *embarrassé.*

Oui, mais j'ai tort. Ce ne sont pas de mauvaises femmes.

TOTO

Elles ne pensent qu'à elles! Ce sont des égoïstes. Elles veulent que je sois bien élevé.

ANTOINE

C'est naturel.

TOTO

C'est pas naturel d'être poli avec les gens qui vous embêtent. Et leurs bonnes femmes, elles m'embêtent! Elles embrassent mouillé, j'aime pas ça. Il y en a même une qui pique... Et il faut leur dire « oui Madame ».

ANTOINE *a un sourire, pédalant.*

On n'y coupe pas. Devenu homme aussi, on passe son temps à dire « oui Madame ».

TOTO

Je me suis bien vengé, l'autre jour. Tu ne le répéteras pas? Elles m'ont obligé à rester avec elles, pendant qu'elles prenaient le thé dans le jardin Alors, comme je m'embêtais trop, je suis passé en douce derrière celle qui a perdu son mari et je lui ai fait pipi sur sa robe. Elle parlait tellement qu'elle ne s'en est même pas aperçu!

ANTOINE, *indigné, sans trop de conviction.*

Toto! Pourquoi as-tu fait ça?

TOTO

Parce que j'en avais envie.

ANTOINE, *sévère.*

Ce n'est pas une réponse. Si j'étais un bon père je devrais te gifler... *(Peu à peu son visage s'éclaire et il pédale, satisfait. Il murmure.)* Sacré Toto!

TOTO *qui n'a pas entendu.*

Qu'est-ce que tu dis? On n'entend rien avec la vitesse.

ANTOINE

Rien. *(On entend soudain plus nettement la fanfare au loin. Il arrête le vélo de Toto.)* Écoute! Les cochons, ils nous ont encore tournés! Ils sont du côté de Saint-Julien maintenant. Si on rentrait?

TOTO

Tu n'as pas le droit de me priver de la retraite aux flambeaux un soir de 14 juillet! Tu serais un mauvais père!

ANTOINE

Tu te rends compte qu'il va falloir remonter toute la côte de Saint-Julien?

TOTO, *sans malice.*

Tu as l'habitude quand tu vas à Saint-Guénolé.

ANTOINE, *vaincu.*

C'est bon. Allons-y.

Ils se remettent à pédaler en silence. Ils montent la côte, en danseuse, avec effort. Toto demande soudain.

TOTO

Dis, papa, il y a le fils Perper qui a dit que son père avait dit que tu étais un salaud. C'est vrai?

ANTOINE

Tu sais, on a beau faire, on est toujours le salaud de quelqu'un.

TOTO

Il a dit que son père avait dit, qu'un jour, tout
ça se paierait! Pourquoi il pense que tu es un salaud,
son père?

ANTOINE

Parce que je fais ce qui me plaît.

TOTO, *après un temps de réflexion.*

Tu as déjà fait pipi sur la robe d'une bonne
femme pendant qu'elle prenait le thé?

ANTOINE

Non. C'est une idée qui ne m'est pas venue. Mais
quand j'avais ton âge, un jour, j'ai fait pipi dans le
bocal de poissons rouges de ma grand-mère.

TOTO

Tu étais marrant, petit! On croirait pas maintenant. Ça a fait du raffut?

ANTOINE

Oui. Ça en fait encore.

Un petit temps, puis Toto dit.

TOTO

Le fils Perper, c'est un pauvre gars! Il a des
trous aux fesses... Sa mère, elle est toujours au
bistrot à vider des petits verres. Elle s'occupe pas
de lui.

ANTOINE

C'est pourquoi il faut être très gentil avec le
fils Perper, Toto.

TOTO

Il est hargneux.

ANTOINE

Ce n'est pas de sa faute.

TOTO

Des fois il me saute dessus pour rien, à la sortie.

ANTOINE

Dans ce cas, tu te défends. On a toujours le droit de ne pas se laisser massacrer. Mais dès que c'est fini, tu lui refiles la moitié de ton chocolat.

TOTO

Il le bouffe et il me tire la langue.

ANTOINE

Il ne faut pas lui en vouloir. C'est ça être le plus fort.

TOTO

Oui, mais il a tout de même bouffé mon chocolat!

ANTOINE

Un gentilhomme, Toto, doit toujours se laisser un peu rouler. *(Il ajoute.)* Jusqu'à l'honneur de l'homme mais pas plus loin. Tu comprends ce que je te dis?

TOTO *qui pédale.*

Non. Mais ça ne fait rien.

ANTOINE

Tu as raison, ça ne fait rien. Tu comprendras plus tard. Arrivé là tu redresses la barre et tu dis non. Même si les bonnes femmes sanglotent et si le fils Perper te tend le poing. L'Honneur de l'homme. Tu as ça à préserver, Toto, c'est ton patrimoine.

TOTO, *qui n'a pas compris.*

Patri?

ANTOINE

Moine! *(Ils pédalent un peu. Antoine dit, dans l'ombre, comme pour lui.)* C'est tout de même toi qui as inventé l'Électricité, Toto, construit la cathédrale de Chartres et écrit les Pensées de Pascal. Ils n'y peuvent rien. Même s'ils essaient de te faire honte en te tendant leurs moignons. Tu es bien de mon avis?

TOTO, *qui pédale.*

Oui, papa.

ANTOINE

Et les pièces de Molière, toutes les pièces de Molière, c'est de toi aussi! Sans compter les pièces de Shakespeare! Il ne faut jamais l'oublier, Toto!

TOTO

Non, papa.

Ils s'arrêtent soudain de pédaler. On entend la fanfare qui est tout près maintenant. Toto s'écrie.

Papa, les lampions! Ça y est! On a retrouvé la retraite! On va le fêter comme les autres le 14 juillet! On les suit?

ANTOINE, *résigné.*

On les suit. Puisque ça t'amuse...

TOTO, *pédalant comme un fou*
le terrain est redevenu plat.

Allez! Pédale, papa, tu traînes! Tu n'es même pas fichu de suivre le peloton! Oh, la belle bleue!

Oh, la belle rouge! C'est tout de même bath, papa,
qu'on ait pris la Bastille! Et justement un 14 juillet!
C'est un coup de pot. Un jour de fête nationale.
Ça tombait bien!

ANTOINE, *qui regarde le ciel,*
pédalant doucement.

Comme la nuit est belle, Toto. Le ciel est plein
d'étoiles. Tu as vu le ciel?

TOTO, *qui s'en fiche.*

Vise les lampions, papa! Vise les lampions! Dis,
tu veux? Maman a dit qu'on avait jusqu'à minuit...
On ira tirer à la carabine sur la place : tu me gagneras
des poissons rouges et on en fera cadeau à Mamy!

ANTOINE

Entendu. Ça pourra toujours t'être utile.

Il a posé la main sur son épaule; il murmure.

Mon petit bonhomme. Tout ce qui t'attend.

Ils se sont arrêtés debout. Ils regardent le ciel
illuminé par le feu d'artifice. Toto s'exclame.

TOTO

Ah! Qu'est-ce que c'est beau le 14 juillet, papa!

Antoine sourit un peu mélancoliquement, il a
une petite caresse à la tête de Toto. Il murmure.

ANTOINE

On dit : « comme c'est beau », Toto.

Le rideau tombe doucement sur le feu d'arti-
fice illuminant la nuit, qu'ils regardent l'un
contre l'autre.

FIN DES POISSONS ROUGES

DU MÊME AUTEUR

Impression Bussière Camedan Imprimeries
à Saint-Amand (Cher),
le 20 mai 2003.
Dépôt légal : mai 2003.
1er dépôt légal dans la collection : décembre 1971.
Numéro d'imprimeur : 032604/1.

ISBN 2-07-036006-7./Imprimé en France.